KB121231

로크미디어가
유혹하는
재미있는 세상

ROK
MEDIA
로크미디어

다시 사는 재벌가 망나니 26

2023년 1월 20일 초판 1쇄 인쇄
2023년 1월 27일 초판 1쇄 발행

지은이 맹물사탕
발행인 강준규

기획 이기헌 왕소현 박경무 강민구 조익현
책임편집 금선정
마케팅지원 이원선

발행처 (주)로크미디어
출판등록 2003년 3월 24일
주소 서울시 마포구 마포대로 45 일진빌딩 6층
Tel (02)3273-5135 **Fax** (02)3273-5134
홈페이지 rokmedia.com **E-mail** rokmedia@empas.com

ⓒ 맹물사탕, 2021

값 9,000원

ISBN 979-11-408-0324-8 (26권)
ISBN 979-11-354-9456-7 04810 (세트)

다시 사는 재벌가 망나니

맹물사탕 현대 판타지 장편소설

26

ROK
MEDIA

로크미디어

Contents

1장

강이찬은 늦는 일 없이 평소처럼 제 시간에 집 앞에 차를 끌고 나와 나를 기다렸다.

'하긴, 강이찬이 이대로 발뺌을 하지는 않겠지.'

그보다도, 어제 구봉팔이랑은 그대로 헤어진 건가?

'왠지 나만 빼놓고 2차를 갈 것 같은 분위기였는데 말이야.'

생각하면서 나는 차에 올라탔다.

"안녕하세요, 강이찬 씨."

"안녕하십니까, 사장님."

어제 그런 일이 있었음에도 강이찬은 평소 모습 그대로였다.

'뭐, 나도 강이찬에게 당장 어떤 태도의 변화를 기대한 건

아니었지만.'

나는 오늘 회사에서 처리할 업무가 담긴 서류 가방을 무릎에 올리며 강이찬의 인사를 받았다.

"어제는 잘 들어갔어요?"

그렇게 형식적인 안부 인사를 던졌는데 평소와는 사뭇 다른 대답이 나왔다.

"어제는 구봉팔 이사 집에서 묵었습니다."

평소라면 실제론 별일이 있어도 '예' 하고 대답하고 말 강이찬은 오늘따라 꽤 시시콜콜한 사항을 내게 보고했다.

"그래요? 2차 가셨나 보네요."

"……예. 구봉팔 이사가 관리하는 단란 주점에 갔습니다."

단란 주점이라.

'그렇게 안 봤는데 뒤에선 할 거 다 하는구먼.'

나는 웃으며 강이찬의 말을 받았다.

"어땠습니까?"

"예. 좋은 업소였습니다."

호오, 업소의 좋고 나쁨을 판별할 줄도 알고.

얌전한 고양이가 부뚜막에 먼저 올라간다더니, 세상 벽창호 같던 강이찬은 밤 문화에 꽤나 정통한 듯했다.

강이찬이 말을 이었다.

"언제 습격을 당해도 잘 대처할 수 있도록 해 두었더군요."

아, 그런 의미였나.

나는 내심 속으로 싱겁다고 생각하며 서류를 뒤적였다.

"그랬군요."

"예. 그래서 어저께 구봉팔 이사를 노린 습격이 있었을 때도 잘 대처해 냈습니다."

"아, 예. 그렇…… 네?"

나는 서류에서 손을 놓고 운전석을 보았다.

"습격?"

"안심하십시오. 잘 대처했습니다."

아니, 나는 그런 걸 물은 게 아닌데.

"무슨 일이었습니까? 대체 누가 구봉팔 이사님을 습격했다는 거죠?"

내 말에 강이찬은 잠시 생각하다가 어제 있었던 일을 내게 말해 주었다.

구봉팔의 권유로 단란 주점에 간 일, 그리고 웨이터가 약을 탄 얼음을 준비했던 것을 눈치챈 것이며 웨이터의 삐삐를 통해 괴한 셋이 들이닥쳤다는 내용.

"다친 사람은 없었습니까?"

내 말에 강이찬은 뭔가 생각하는 듯 뜸을 들였다가 대답했다.

"예. 구봉팔 이사의 대처가 능숙해서 다행히 아무도 다치지 않았습니다."

모르긴 몰라도 구봉팔을 습격한 세 사람은 무사하지 않았

을 거 같은데, 하고 생각했더니 강이찬은 구봉팔이 그들을
말로 구슬려 역으로 약을 먹인 내용을 들려주었다.

"그때 장소에 없어서 구체적으로 무슨 대화가 오갔는지는
저도 모릅니다만, 일체의 폭력도 발생하지 않았습니다."

"흠, 그렇군요."

구봉팔도 제법이군.

어중간한 폭력은 경찰의 개입을 불러오고, 그건 현재 구봉
팔이 처한 입장에서도 바람직하지 않은 일이다.

'아니, 그게 문제가 아니라.'

나는 자세를 고쳐 앉으며 물었다.

"습격을 사주한 인물은 누구입니까?"

"그에 대해서는 현재 조사 중일 겁니다."

'조사 중'이라.

강이찬의 말을 듣고 생각한 거지만, 아마, 찾기 쉽지 않을
것 같다.

그 괴한들의 입이 무거워서가 아니라, 그들도 아는 것이
없을 거니까.

'점조직 형태로 건너건너 사주를 받았다면 특정인을 추측
하기 힘들겠지.'

강이찬은 잠시 생각하다가 덧붙였다.

"구봉팔 이사는 조광 그룹과 관련한 일이 아닐까, 추측 중
이었습니다."

나도 강이찬의 이야기를 들으며 '아마 그렇지 않을까' 하고 생각하던 차였다.

'지금이야 번듯한 사업체 흉내를 내고 있지만, 그 근본이 어디 가는 건 아니거든.'

누군가 구봉팔을 습격했다고 하는 것이 좋은 일은 아니나 한편으론 시기상으로 적절했다.

'어제 조세화가 금일 그룹 행사장에 나랑 동행했단 소문이 퍼진 이후에는 이런 어설픈 공격을 하지 않을 터.'

구봉팔을 노린 건 상대가 조세화를 의식하고 있기 때문일 것이라고, 어렵지 않게 추측할 수 있었지만 그건 시간상으로 따져 조세화의 행보에 대한 소문이 퍼지기 전이었을 것이니.

'벌써부터 조설훈이 죽은 폐해가 나타나기 시작하는군.'

조성광의 사후 연달아 터진 후계자의 사망으로 인해 내부는 혼란스러울 터이지만, 이는 누군가에겐 기회이기도 했다.

자고로 카리스마와 명분을 두루 갖춘 지도자가 사라지고 나면 숨죽이고 있던 승냥이들이 설치기 시작하는 법이고, 이는 조광이라고 하는 제국 역시도 다르지 않았다.

심지어 그 조성광의 뒤를 이어야 할 차기 후계자라는 건 고작해야 중학생밖에 되지 않은 여자아이니 그들은 이 여중생에게서 권력을 찬탈하는 건 어린아이 손목 비트는 일보다 쉬운 것이라 확신하고 있는 것이리라.

'가뜩이나 조광이라는 조직은 태생부터가 그 위험을 잠재

하고 있었지.'

당초, 조성광이 조직을 확장하는 방법은 기업이 인수합병을 하듯 이루어졌는데, 자본이 아닌 무력이 투입되었다는 것만 다를 뿐 실상은 그것과 비슷했다.

그는 가까이 있는 경쟁 상대를 무력으로 찍어 누른 뒤, 그들을 완전히 없애는 대신 그 세력을 흡수하는 것으로 몸집을 불려 나갔다.

그렇게 조성광의 조광은 눈덩이 불어나듯 커져 그 누구도 범접하지 못할 거대 조직으로 거듭나게 되었지만, 이 과감한 인수합병(?)은 동시에 조직 내부에서 조금씩 종기를 키워 갔다.

조성광이 한창때는 불만이 터져 나오지 않았다.

평가 나름이기는 하지만 그 역시 대한민국 격동의 역사와 함께하는 입지전적인 거인 중 한 사람이었고, 한창때 그 카리스마와 교활함은 어중이떠중이가 감히 넘보지 못할 정도였다고 했다.

호부 아래 견자 없다고 했던가, 조설훈 역시—전성기의 제 부친보다는 못하다지만—남들 머리 위에 설 정도의 능력을 갖춘 사내였고, 실제로 조설훈 체제하의 조광은 각종 경제 위기 속에서도 굳건히 버티며 내실을 다졌다.

그러니 조성광은 자신의 전성기가 지나더라도 제 자식에게 회사를 맡겨 두면 뒤탈이 없을 거라 확신한 채 숨을 거두었을 것이다.

'······아니지. 생판 남이나 다름없는 나한테 도청기를 맡긴 걸 보면 최후의 순간까지 불안에 빠져 있었겠군.'

어쨌거나 조성광의 뒤를 이어야 할 조설훈이 죽고, 그에 못지않은—부하들의 인망만큼은 조설훈을 앞서던—조지훈마저 사망하고 나니 조씨 집안 아래 숨죽이고 있던 승냥이들은 이제 슬금슬금 동굴 밖을 빠져나오려 하는 것이다.

현재 조광 내부는 조설훈 파벌과 조지훈 파벌 외에 눈치를 살피며 사태를 관망하던 제3세력이 존재했다.

그렇다고 해서 조설훈 파벌이나 조지훈 파벌이 그들 각자에게 진심으로 충성하고 있었다는 의미는 아니었다.

'오히려 충성파는 조지훈 파벌에 더 많다고 할 수 있을 정도지.'

각각의 파벌도 어디까지나 '가장 유력한 차기 실세'에 달라붙은 것에 불과했고, 그들도 틈만 생기면 제 욕심을 채울 승냥이들에 다름없었다.

아까 전 조광의 성장을 인수합병에 비유했으니 이를 이어가자면, 이건 조광에 인수합병 되기 전의 회사들이 각각 독립을 꾀하려 뭉치기 시작하는 것이라고도 할 수 있으리라.

그들은 각자 다른 생각을 품고 있을 것이고, 조광은 그런 그들에게 먹음직스런·먹잇감으로 비칠 것이다.

'그러니 이젠 이도저도 아니던 제3세력이 각각의 파벌을

이루어 치고받게 될 거야.'

반면 조세화에겐(이걸 세력이라고 말하기도 뭣할 정도로)한 줌 정도
의 힘밖에 없었다.

지금 조세화 곁에 바짝 붙어 따라 다니는 이들은 조설훈
편도, 조지훈 편도 아닌 조성광의 심복들이다.

하지만 이 '심복'들은 조성광이 맨바닥에 헤딩하던 시절부
터 함께해 온 개국공신들이다.

좋게 말하면 '연륜'과 '실력'을 두루 갖춘 인재들이라고도
할 수 있겠지만, 솔직히 말하면 '은퇴를 앞둔 노인네들'이라
고 할 법하다.

그걸 두고 이번 사태가 조성광이 충신들을 챙기지 않고 제
집안만 챙기는 바람에 터진 것이라 비난하기는 쉽지만, 속내
를 들여다보면 거기엔 나름대로 합리적인 이유가 있었다.

조성광의 '인수합병'에 그간 불만이 터져 나오지 않은 이유
는 그 카리스마 때문인 것도 꼽을 수 있겠지만, 조성광이 인
수합병한 상대 조직의 입장을 추켜 준 것도 무시할 수 없다.

조성광은 표면적으로나마 적이었던 상대를 존중해 주었
고, 그들의 힘을 빼놓지 않았다.

그런 조광이기에 타 조직은 조광에 맞서 힘을 빼느니 그들
에 편입되어도 나쁘지 않다는 판단을 했을 것이고, 조광에
맞서 연합하는 대신 조광 아래 들어가는 길을 택했다.

만일 조성광이 인수합병 후 그 조직을 쪼개 이들 개국공신

에게 나눠 주었다면 지금의 조광도 없었을 것이다.

'그것도 한 자리씩 요직을 차지하지 않았다 뿐이지 조성광도 뒤로는 제법 챙겨 주었다는 모양이고.'

그 외에 그나마 조세화에게 힘을 실어 줄 수 있는 세력으로 꼽을 수 있는 것이라면 조설훈이 생전에 만들어 둔 조지훈 파벌과의 중립지대, 즉 '제3세력'으로 인식되는 구봉팔 쪽이었다(아직 구봉팔이 조세화를 공식적으로 지지하고 나서지는 않았으니).

구봉팔은 개국공신 수준은 아니지만 조성광이 직접 주워다 길렀다는 소문이 있고, 그는 한때 조지훈 아래에 있었던 적도, 조설훈의 장남인 조세광 아래에 있었던 적도 있는 인물이다(조세광이랑은 결코 좋은 사이가 아니었지만, 남들도 그렇게 생각할지는 의문이다).

그런 의미에서 보자면 이번 구봉팔 습격은 '혹시 구봉팔이 조세화 쪽에 붙지 않을까' 하는 우려에서 비롯한, 혹시 모를 우환을 사전에 제거해 두려는 술책이라고 할 수 있겠다.

'그러니 구봉팔이 조세화를 지지한다고 천명하고부턴 고작(?) 그 정도 습격으로 그치지 않게 될 거란 의미지.'

그러니 조세화가 조광을 장악하려면 사전에 모든 준비를 갖춰 두고 스타트를 시작하자마자 곧장 스퍼트를 올려 모든 걸 처리해야 하는 속도전이 필요했다.

'동시에 저들이 두고 싸울 떡밥도 흘려 두는 거고.'

내가 지금 안기부를 끌어들이려는 것도 그에 대한 대비의 일환으로, 실제론 안기부가 통제를 할지라도 표면에 구봉팔을 내세우는 것이 그들 입장에 합리적일 것이기 때문이다.

'즉, 구봉팔은 안기부를 등에 업고 지방을 장악, 타 파벌이 조세화(및 나)에게 함부로 덤벼들지 못하도록 견제하는 역할을 도맡는 것이지.'

여담이지만 안기부를 설득하는 일엔 꽤 자신이 있었는데, 안기부도 조세화가 회사를 차지하는 것에 찬성일 것이기 때문이다.

'곽철용은 조성광의 유전자 정보를 손에 넣었지. 그들도 여차하면 그걸 터뜨리고자 하고 있으니, 다른 수가 생기면 옳다구나 하고 덥썩 손을 잡아 줄 거야.'

조세화가 조성광의 손녀가 아닌 친자라는 사실은 보험으로나 써야지, 다짜고짜 터뜨리면 오히려 그로 인해 이도저도 아닌 놈들이 들러붙어 구봉팔의 입지만 약해질 뿐만 아니라 더 큰 혼란이 가중될 것이다.

'조세화의 멘탈 측면에서도 좋지 않을 거고.'

조성광이 건재하면 모를까, 어차피 장남인 조세광은 교도소에 들어가 한참 동안 나오지 않을 테니 한동안은 나도 조세화의 멘탈 케어에 신경을 써야 할 참이다.

'지금은 한창 중요한 때이니.'

그보다 지금은 구봉팔을 신경 쓸 때였다.

'정리하자면 누군지는 모르지만 대강 짐작이 가는 놈들 중 하나가 선제공격을 가했다는 거지?'

잘만 하면 상황을 이용해 볼 수도 있을 거 같다.

이런 상황에선 서류가 눈에 들어오지 않는다.

'어쨌거나 저쪽이 먼저 공격을 했고, 이 일에 대해 아는 건 현장에 있던 극소수라면.'

나는 서류를 가방에 밀어 넣곤 강이찬에게 물었다.

"구봉팔 이사는 추후 어떻게 행동하기로 했습니까?"

강이찬은 잠시 생각하다가 대답했다.

"그분의 말씀을 옮기자면 '나는 나대로 이 상황을 이용해 볼 생각'이라고 들었습니다."

"구봉팔 이사가 그렇게 말했어요?"

"예. 그 정도밖에는 듣지 못했습니다."

강이찬의 말을 들으니 구봉팔도 이 기회를 허투루 쓰지는 않을 듯하다.

"알겠습니다. 어쨌건 그런 일이 있었다니 이사님께 안부 전화를 한 통 걸어야겠군요."

나는 핸드폰을 꺼내 구봉팔에게 전화를 걸었다.

하지만 몇 차례 신호만 갈 뿐, 구봉팔은 전화를 받지 않았다.

'아직 자고 있을 리는 없고…… 권외에 있나?'

내가 핸드폰을 덮자 강이찬이 알아서 먼저 말을 붙였다.

"구봉팔 이사는 지금 산에 올라가 있어서 사장님의 전화를 받지 못하는 것 같습니다."

"산?"

등산 취미가 있나?

아무리 그래도 어제 그런 일이 있었는데 등산은……

'아.'

대강 짐작이 갔다.

'어제 붙잡은 괴한들을 산에 묻어 버릴 생각인가 보군.'

이왕 묻을 거라면 앞으로 개발 계획이 없는 곳에 묻어 주면 좋겠는데.

강이찬은 백미러로 나를 힐끔 쳐다보곤 입을 뗐다.

"너무…… 염려하실 것 없습니다."

"예?"

"어제 붙잡은 괴한들에게는 적당히 위협만 가하고 풀어 줄 거라고 했으니까요. 산으로 데려가 겁만 준다고 했습니다."

강이찬은 아무래도 내가 구봉팔이 살인을 할지도 모른다는 것을 걱정하는 것으로 본 모양이다.

'아니, 솔직히 그런 이름도 얼굴도 모르는 놈들이 죽건 말건 내 알 바 아니다만.'

그래도 그 오해를 괜히 바로잡을 필요는 없으니, 나는 강이찬이 오해한 대로 연기해 주었다.

"그렇다면 다행이고요."

어쨌거나 구봉팔이 산에 있어서 전화를 못 받는다는 걸 알게 되었으니 전화는 나중에 걸기로 하자.

'이 시대엔 기지국 숫자가 적어서 외곽 지역으로 가면 전화가 안 터진단 말이지.'

삼광이 채용한 셀룰러 방식 기술의 단점이었다.

'이러니 인구 밀집도가 낮은 대륙에선 퀄컴 방식의 기술을 선호하지 않은 것이겠지만.'

다시 서류나 볼까, 하는 찰나 강이찬이 내게 물었다.

"사장님께서는 구봉팔 이사가 어떻게 움직이실 거라고 보십니까?"

강이찬에게도 심경의 변화가 생긴 걸까, 아니면 본인과 직접적으로 관계된 일이라 그런 것일까.

(애당초 여기까지 대화가 이어지지도 않았겠지만)그쯤해서 입을 다물고 운전에 전념했을 그는 오늘따라 평소와 다른 태도를 보이고 있었다.

'그래도 주변 일에 관심을 기울이기 시작한다는 건 좋은 징조지.'

나는 생각한 바를 내색하지 않은 채 강이찬의 말을 받았다.

"음, 제가 지금 구봉팔 이사 입장이라면 잠수를 탈 거예요."

내 말에 강이찬은 어리둥절해하며 물었다.

"……잠수를 탄다니요? 해안가로 간단 말씀이십니까?"

아, 이 시대에는 아직 존재하지 않는 관용구였군.

"두문불출한다는 의미입니다."

"두문불출……. 즉, 어젯밤 일을 사주한 이에게 괴한들이 습격에 성공했다는 착각을 하게 만든다는 말씀입니까?"

이해가 빠르군.

"그렇습니다. 어제 일이 대외에 알려지지 않은 것을 전제로, 이왕이면 입원까지 해 준다면 금상첨화겠지만……. 어쨌건 기다리다 보면 구봉팔 이사의 습격을 사주한 인물이 누구건 그는 마음을 놓고 하려는 일을 진행할 겁니다. 그러면 누가 습격을 사주했는지도 알 수 있을뿐더러 기회를 틈타 한 방 먹일 수도 있겠죠."

강이찬이 고개를 끄덕였다.

"그렇군요. 다만 그러려면 한편으론 그 괴한들의 협조도 필요할 듯 보입니다. 범인은 자칫 '잠수를 탄 것'을 두고서 신변의 위협을 감지한 구봉팔 이사가 겁에 질려 몸을 사린다고도 해석할 수 있으니까요."

이해가 빠를 뿐만 아니라 꽤 구체적인 방안까지 내놓는 걸 보니, 강이찬의 싹수가 파랗다.

"뭐, 어디까지나 저라면 그럴 거란 의미였습니다. 강이찬 씨가 지적한 대로 상대가 이 일로 겁을 먹었다고 해석해 주면 그건 그것대로 나쁘지 않고요. 다만 배후가 누구였는지를 공공연하게 찾아다니는 것은 하책이라고 봅니다."

"그건 상대로 하여금 구봉팔 이사를 경계하여 규합할 계기를 던져 주기 때문입니까?"

"그런 셈이죠. 현재 조광 내에서 구봉팔 이사의 세력은 단독 세력으론 꽤 크다고 할 수 있습니다만, 이는 이사 몇 명만 손을 잡아도 얼마든지 견제가 가능한 정도거든요."

연합을 이룬다는 건 이익을 나눈다는 의미이고, 사람이란 상황이 안정되어 있다고 여기면 제 배 속을 챙기려 들기 마련이다.

"그러니 지금은 중립을 지키는 척 나서지 않은 채 사태를 관망하는 것이 최선이라고 봅니다. 상대는 이 일이 실패로 돌아갔다는 걸 아는 즉시, 누구와 손을 잡아야 할지도 염두에 두고 있을 테니 그때가 되면 대처가 늦을 수도 있고요."

"음······. 그렇겠군요."

생각에 잠긴 강이찬을 보며 나는 말을 이었다.

"그러니 한편으론 그 일이 어제 벌어져서 다행이라고 생각합니다."

"다행······."

나는 보란 듯 쓴웃음을 지어 보였고, 강이찬은 백미러로 내 표정을 확인했다.

"표현은 좀 그렇지만요. 상대는 아직 세화가 구봉팔 이사와 손을 잡고 있다는 걸 인지하지 못한 상태일 거고, 구봉팔 이사가 '모종의 이유로 인해' 남들 앞에 설 수 없는 상황이면 구봉팔 이사가 세화 편을 들 수도 없을 테니까요."

강이찬이 고개를 끄덕였다.

"방심을 유도하는 거군요."

"그런 겁니다."

그런 의미에서 보자면 조세화가 삼광 그룹과 어울려 다닌
단 소문이 퍼지기 직전인 어젯밤에 일이 터진 건 우리 입장
엔 행운이라고 할 수 있었다.

"그럼, 사장님께서는 앞으로 어떻게 하실 생각입니까?"

"지금부터 구봉팔 이사가 뭘 할 건지에 따라 조금 달라지
긴 하겠습니다만…… 저희는 일단 당초 예정대로 진행할 겁
니다. 세화에게는 바쁘게 돌아다니도록 부탁해야겠죠."

이제부터 조세화는 주주총회 전까지 각 등기 이사들과 물
밑 접촉을 하게 될 예정이다.

그건 분명 조광의 주주총회 때까지 이렇다 할 성과 없이
끝날 것이며, 외부에서 보기엔 세화 홀로 무의미한 발버둥을
치는 것으로 보일 것이다.

'이때 조세화에게 합류하는 세력이 있다면 그야말로 충성
을 다하는 거라고 볼 수 있겠지.'

하지만 조광이란 기업의 생리상 그럴 리는 없을 거고, 조
세화는 무력한 최대주주로 주주총회에 참석하여 공식적으로
경영권을 박탈당하게 되리라.

'거기까지가 원래 작전 내용이고…….'

이제부턴 안기부가 어떻게 나와 주느냐에 따라 조세화의 출발선도 달라질 것이다.

회사로 출근하니 평소처럼 전예은이 나를 반겨 주었다.

"안녕하세요, 사장님."

"네, 안녕하세요."

보통 집이 학교나 직장과 가까울수록 지각을 더 많이 한다 더니, 전예은에 한해서는 그런 일이 전혀 없었다.

전예은은 그 기이한 능력과 별개로 성실하고 열정 있는 직원이어서, 최근 그녀를 볼 때면 채용하길 잘했단 생각이 종종 든다.

'솔직히 처음에는 좀 께름칙했지만, 지금은 나도 적응을 했나 보군.'

거기엔 아무래도 그녀의 능력이 내게는 통하지 않는다는 안도감이 내가 그녀를 신용하는 일에 한몫할 것이다.

동시에 그녀 역시 아무것도 읽어 낼 수 없는 내게서 모종의 역설적인 위로와 안도를 얻는 모양이었다.

그래서 그녀는 다소 사무적으로 타인을 대할 때와 달리 내 앞에서만은 지금처럼 나이에 걸맞은 얼굴을 보여 줄 때가 종종 있었다.

전예은이 미소 띤 얼굴로 물었다.

"어제 금일 그룹 행사는 잘 다녀오셨어요?"

"아, 네. 어제는……."

꽤 많은 일이 있었지.

나는 자연스레 대답하려다가 멈칫했다.

'그러고 보니 전예은은 강이찬의 과거가 어떠하다는 걸 알고 있지 않나?'

개인사야 본인이 먼저 말하지 않으면—별 위험이 없는 한—나도 굳이 알려고 하지 않아서 내버려 두잔 취지로 지내 왔는데, 그러다 보니 전예은과 나 사이엔 자연스레 그녀가 읽어 낸 타인의 과거가 어떠했는지 묻지 않는다는 불문율 같은 것이 생겨난 것 같다.

그 암묵적인 룰은 강이찬에 대해서도 마찬가지로 적용되어, 그녀는 강이찬의 과거사가 순탄치 않다는 걸 알면서도 내게 이를 털어놓지 않았다.

'그야 물어보면 대답이야 해 주겠지만, 전예은에게 이런저런 사소한 것까지 의존하면 그녀 안에서 내 평가가 어떨 거란 생각도 있었고.'

강이찬이 처음부터 어떤 음험한 꿍꿍이를 감추고 내게 붙어 있었던 거라면 알려 줬을 것이라고는 생각하지만, 나는 전예은 그 과묵함 아닌 과묵함이 장점이자 단점이라고 생각했다.

'아마 강이찬을 통해 그가 나와 구봉팔과 손잡고 복수를 하려는 걸 알게 되어도 별말 하지 않겠지. 어떻게 보면 공과 사, 맺고 끊는 선을 긋는 것에 냉정하단 말이야.'

하지만 그것과 별개로 오늘은 모처럼 그녀가 능력을 발휘할 때였다.

"예은 씨, 오늘 혹시 외근 나갈 일 있어요?"

"아, 네. 2시쯤 SBY 예능 프로그램 녹화가 있어요."

이제는 SBY도 궤도에 올랐으니 내려놓아도 될 거 같은데.

"그거 천 실장께 넘겨드리고 회사에 남아 계세요."

"네, 알겠습니다."

전예은은 순순히 대답하는 한편 내가 회사에 남아 있으라고 한 까닭이 궁금한 눈치였다.

"오늘 면접이 있을 거거든요."

"면접⋯⋯."

그녀는 즉각 그게 누구에 대한 면접인지 눈치챈 모양이었지만, 나는 일부러 모른 척 대답해 주었다.

전예은은 내가 이런 구태의연한 행동을 하는 걸 내심 반기는 눈치였으니까.

"김민혁 이사 후임으로 올 분이에요."

"아, 네."

"그때 예은 씨가 준비를 도와주셨으면 해요."

전예은은 즉시 메모장을 꺼내 받아 쓸 준비를 했다.

"대강 이야기는 어제 행사장에서 진행해 뒀으니 오늘 면접은 형식적인 것이 될 겁니다. 1시쯤 사장실에서 만나기로 했으니 미리 준비해 두세요."

"알겠습니다. 그러면 회사 로비에 1시 면접자 방문 예정임을 통보하겠습니다. 면접은 사장실에서 진행하실 건가요?"

"네, 그렇게 진행하죠."

그녀도 짐작하듯 나는 전예은을 통해 곽성훈을 읽어 낼 생각이다.

그가 전생에 어떤 성공 신화를 써 내려갔는지 아는 것과 별개로, 나는 정작 곽성훈이라고 하는 개인에 대해선 잘 모른다.

그는 속내를 읽기 힘든 인물이었다.

그를 두고 '뱀 같은 인간'이라고 평가한 이성진의 일방적인 견해에 완전히 동의하지는 않지만, 이따금 남다른 통찰력을 보이곤 하던 이성진이 한 말이니만큼 알게 모르게 신경이 쓰이는 것도 사실이다.

'게다가 연회장에서 갑자기 생각을 바꾼 이유도 궁금하고.'

그는 내게 바이올린을 구실 삼아 생각을 고쳐먹었단 식으로 말했지만, 그가 생각을 고쳐 거절한 제안을 번복한 까닭엔 단지 그런 이유만 있는 것은 아닐 것이다.

'아무튼 뭔가 다른 꿍꿍이속이 있는 건 분명해 보이는데, 그게 뭔지를 모르니.'

애당초 이런 일에 써먹으려고 전예은을 고용했으니, 이젠 부하의 재능을 제대로 활용해 볼 기회였다.

전예은에겐 그 정도 선에서 이야기를 그쳤지만, 오늘 면접은 곽성훈만 예정되어 있는 게 아니었다.

'양상춘도 일산출판사에 한 자리 앉히기로 했으니까.'

하지만 양상춘은 이미 전예은과 안면을 튼 사이이니 구태여 그녀에게 얼굴을 비춰 본성이 어떤가를 알아 볼 필요도 없었고, 어차피 그는 기존 사옥이 있는 일산출판사 쪽에서 업무를 진행할 것이므로 회사에는 부르지 않았다.

'낙하산인 걸 대놓고 광고할 필요는 없고.'

전예은이야 내 직속 비서이니 언젠가는 양상춘이 내 휘하에 들어왔다는 걸 알게 될지도 모르지만, 그녀가 지금의 양상춘을 읽어 내 나와 어떤 협약을 맺었는지 알게 하는 건 별개의 이야기다.

'또, 개인적으로는 전예은이 이번 사건과 엮이는 건 조금 나중 일이 되었으면 좋겠어.'

제아무리 속이 깊은 아이라지만 내 기준엔 아직 어린애다.

의도치 않게 상대와 그 과거사를 읽어 들이곤 하는 그녀를 진득한 음모와 범죄의 조짐이 가득한 바닥에 풀어놓는 건 전예은의 멘털 측면에서 부담이 많이 가는 일일 것이다.

더군다나 지금 전예은은 나를 '좋은 사람'이라고 생각하고 있다.

그런 그녀가 양상춘, 조세화, 구봉팔 등을 통해 실은 내가 별로 좋은 사람이 아니었다는 걸 눈치챈다면 내게도 쓸 만한 장기짝 하나를 잃게 되는 일이 되리라.

'언젠가는 전예은도 그들을 만나게 될 날이 올지도 모르지만…… 내가 곁에서 지켜본 바 그녀가 읽어 들이는 내용도 어느 정도 시간에 희석되는 것처럼 보였고. 그러니 구체적인 정황이 아닌 대상의 흐릿해진 인상만 남게 되었을 때쯤 해서 그들과 스치듯 마주하게는 할 수 있겠지.'

전예은은 나와 눈이 마주치자 방긋 순진하게 웃어 보였다.

"더 하실 말씀이 있으신가요?"

"아뇨, 지금은 그 정도입니다."

나는 전예은에게 생각하던 것이 들킬세라 얼버무리듯 둘러댔다.

"아 참, 저는 면접 후에 외근 나갈 일이 있을 것 같으니 이후 제 일정은 비워 두세요."

"알겠습니다. 저도 동행할까요?"

"괜찮습니다. 늦을지도 모르니까 예은 씨는 회사에 계시다가 정시에 퇴근하세요."

내 말에 전예은이 쿡, 웃음을 터뜨렸다.

"그럴게요. 그러면 어제 사장님이 부재중이실 때 있었던 일을 보고드리겠습니다."

전예은은 어제 내가 금일 그룹 행사 참석으로 평소보다 일찍 퇴근한 사이 생긴 일과 오늘 처리할 일 등을 브리핑한 뒤, 사장실을 나섰다.

'흠, 그날따라 이런저런 연락이 꽤 왔군.'

그것도 꽤 오랫동안 만나 보지 못한 사람들이었다.

우선, 채한열.

얼마 전 내게 김기환을 소개해 주기도 했던 그이지만, 이후 이런저런 일로 바쁘게 지내다 보니 관련한 일로 인사할 엄두를 내지 못했다.

'게다가 미국이랑 시차가 크다 보니 언제 전화를 걸어야 할지도 애매했고.'

그렇다고 김기환과 연결해 줘서 고마웠단 안부 전화 한 통 걸지 않은 건 어디까지나 내 불찰이다.

한편 그런 그가 내 개인 연락처가 아닌 회사로 먼저 전화를 걸었다는 건, 그 용건이 꽤 공무적인 성격을 띤 것이리란 의미일 것이다.

'그러잖아도 마침 어제 김민정을 통해 채한열이 바이올린 신동을 한 명 발굴했단 식의 이야기를 들었지.'

대체 어느 정도 실력이기에 그런 이야기가 김민정에게 흘러나온 것인지.

'그 일로 전화를 걸어 볼 생각이었는데 마침 잘됐군. 어디 보자, 지금 시간이……'

나는 손목시계를 힐끗 쳐다보았다.

'아직 미국도 자정 전이야. 쇠뿔도 단김에 빼랬다고. 지금 전화를 걸어 볼까.'

국제전화는 비싸니까, 회사 전화로.

나는 책상 앞에 앉아 전예은이 알려 준 채한열의 회사 연락처로 전화를 걸었다.

—Hello. This is……

나는 그 피로감이 잔뜩 묻어나는 목소리에서 상대가 채한열 임을 바로 알아챘다.

'자정은 아니지만 보통은 퇴근할 시간인데……. 아무래도 자리에 앉아 내 전화를 기다렸던 모양이야.'

나는 꽤 중요한 일이겠거니 하며 입을 뗐다.

"안녕하세요, 아저씨. 이성진입니다."

—Oh! Mister……

수화기 너머 채한열은 영어로 감탄사를 뱉었다가 웃음을 터뜨렸다.

—이거 참, 나도 곧장 한국어가 튀어나오질 않네.

이해한다.

전생의 나도 언젠가 외국인과 대화하며 한국어 고유명사를 전할 때 혀 꼬부라진 소리를 내버린 적이 있었으니까, 그것과 비슷하지 않을까.

"미국 생활에 적응하신 것 같네요."

-적응은 무슨……. 지금도 김치찌개가 먹고 싶어 죽겠는데.

그는 공적인 일로 내 전화를 기다린 것치곤 꽤 사적인 대화로 화두를 풀어 냈다.

-뉴욕 한식당은 비싸서 매일 갈 엄두도 안 나고, 그렇다고 살고 있는 집에서 해 먹으면 이웃이 항의를 한단 말이야. 나 참, 김치 맛도 모르는 놈들 같으니라고.

회사 전화라 그런지, 단신 부임으로 외로움에 허우적대는 채한열은 시시콜콜한 내용까지 딸 친구에게 늘어놓고 있었다.

-한편으론 나 혼자 미국에 오길 잘했다는 생각도 들어. 아내랑 선아한테도 이런 고생을 시킬 순 없지…….

채한열도 그쯤해서 자신이 뭘 하고 있는지 깨달은 모양인지 헛기침 후 말을 이었다.

-흠, 흠, 아무튼 오랜만이다. 잘 지내고 있지?

"하하, 그럼요. 안 그래도 언제 한번 전화드리려고 했는데…… 김기환 기자님을 소개해 주신 인사도 못 드렸고요."

-아, 응. 그랬지. 그래, 기환이한테 들었는데 네가 회사 하나 차려 줬다면서?

"에이, 엄밀히 따지자면 가능성을 보고 투자한 거죠."

채한열은 김기환과 따로 통화를 한 모양이다.

무슨 이야기를 어디까지 했을지는 모르겠지만, 김기환도

생각이 있으면 남에게 할 필요 없는 이상한 소리까진 하지 않았으리라.

그보다 나는 슬슬 채한열이 어제 내게 연락한 이유를 듣고 싶었다.

"그런데 아직 퇴근 안 하셨네요. 혹시 제 전화 기다리셨어요?"

—아, 그래. 그 이야기를 해야겠구나.

채한열이 어조를 고쳐 말을 이었다.

—얼마 전에 말이야, 우리랑 협업 중인 방송사에서 여자애 하나를 찾았거든.

아무래도 어제 김민정에게 들은 '바이올린 신동' 이야기인 듯해서, 나는 단도직입적으로 물었다.

"혹시 바이올린을 잘 켠다는 앤가요?"

—어라, 선아에게 들은 거냐?

"정확히는 민정이가 선아 선배에게 들은 걸 전해 들었어요."

—그러냐……. 아무튼 그러면 이야기가 빠르겠군.

채한열은 이어서 내게 몇 달 전 한인들을 주 대상으로 하는 지역 방송국에서 바이올린 신동을 발굴한 이야기를 빠르게 풀어 냈다.

한국 나이로 따지면 초등학교 2학년 정도일 거란 그 귀여운 여자 아이는 단박에 채한열의 마음을 사로잡았다고 했다.

-나 같은 문외한이 듣기에도 그 실력이란 게 보통이 아니더라.

개인적으로는 9~10세 남짓한 꼬마가 하면 얼마나 잘할까 싶었지만.

-따로 비디오 찍어 둔 게 있으니까 너만 괜찮다면 비디오 보내 줄게. 이미 본사 쪽엔 보내 뒀으니까, 보고 싶으면 말만 해.

채한열의 목소리엔 확신이 가득 차 있었다.

"그 정도인가요?"

-그렇다니깐. 그것도 전문 교육을 받은 게 아니라 이웃 할머니에게 바이올린을 배웠다더군. 그러니까 제대로만 가르치면 그야말로 다이아몬드가 될 원석이야. 게다가 교포라 그런지 애가 한국말도 잘하고 엄청 되바라졌어.

그 정도라고 하니, 확실히 '상품성'은 있어 보였다.

'그러니 내게 전화를 건 것이겠지.'

다만, 그 정도라면 '굳이' 나를 찾을 필요 없이 미국 현지에서 서로 데려가려 하지 않았을까.

'미국은 그 누구보다 자본주의 정신에 걸맞은 국가이니, 군침을 흘려 댈 만한데.'

뭐, 미국에도 아직 아메리카 아이돌 같은 예능이 없어서 그런 거라면 그뿐인 이야기로, 먼저 발견한 쪽이 장땡이란 거지만.

'그리고 채한열은 운 좋게 그 애를 선점할 기회를 잡은 것 이고.'

나는 생각한 바를 내색하지 않으며 물었다.

"아저씨께서는 제가 그 아이를 후원해 주었으면 하시는 거 군요."

─하하, 들켰네. 맞아. 당장 생각난 게 너더라고. 걸출한 소속사도 있겠다, 네 소유는 아니지만 장학 재단도 있으니 너라면 재능 있는 예술가에게 어떻게든 후원을 해 줄 수 있 을 거라고 생각했지.

그런 거라면 '잘 찾아오셨습니다'라고 해 줘야지.

나도 본격적인 투자 유무를 결정하는 건 비디오를 보고 나 서겠지만, 채한열도 방송국 짬이 있는데 아무나 보고 원석이 라 말하지는 않을 것이다.

"좋네요. 그럼 그 애 부모님이랑은 이야기해 보셨나요?"

─끙, 그게 말이다만.

채한열이 사뭇 진지한 어조로 말을 이었다.

─백방으로 수소문해 알아봤지만 그 애, 부모를 찾을 수가 없었어.

"……그래요? 그러면 고아입니까?"

─이런 말 하기는 뭣한데 차라리 고아였으면 수월했겠다.

채한열이 투덜거렸다.

─서류상으로는 부모가 있긴 한데…… 일단 그 애의 친부

는 교도소에 있고, 그 애의 의부와 재혼한 모친은 의부와 함께 행방불명 상태지. 그래서 양육 자격 박탈 쪽으로 진행해 보고 있기는 한데, 감옥에 있는 친부의 존재도 있고 해서 상황이 복잡하게 꼬였거든.

이거 참, 어린 나이에 기구하군.

'그렇다면 이 좋은 상품에 그럴듯한 언더독 스토리텔링까지 추가되겠는데.'

아니, 지금은 그게 문제가 아니지.

─그러다 보니 이 애를 데리고 한국에 들어오기가 영 어렵게 됐어. 안 그러면 이번 귀국 때 데리고 가려 했는데 아무래도 비자 문제며 절차가 까다로워서. 솔직히 그 애를 발굴한 것도 운이 좋았지. 길거리에서 푼돈 받으며 공연하던 걸 우연히 방송국 카메라에 담을 수 있었던 거니까.

"……흠."

어제 김민정은 그 바이올린 신동 여자아이가 채한열을 따라 한국에 오는 걸 기정사실처럼 말했는데, 실제론 말처럼 쉽게 되지 않은 모양이었다.

그러니 사실상 채한열은 지금 내게 그 여자아이에 대한 후원(투자)과 동시에 '입국이 수월하도록' 알아봐 줄 수 없냐는 부탁을 하는 것이었다.

'지금은 나도 외교부엔 지인이 없는데.'

뭐, 이태석이나 사모, 이휘철 쪽으로 가면 장관급까지도 연결해 줄 수 있겠지만 그 정도로 거창하게 일을 진행하고 싶은 생각은 없었다.

'그런 거 하나하나가 다 빚이니까.'

다만, 어제 김민정의 이야기를 듣고 잠시 생각했듯, 재능 있는 아이에게 껌뻑 죽는 사모라면 어떻게든 해 주지 않을까.

거기까지 생각한 나는 다른 생각에 미쳤다.

'아니지, 따지고 보면 사모보다 더 거물이 있잖아.'

나는 고개를 끄덕였다가, 바다 건너 채한열이 내 몸짓 언어를 볼 리가 없다는 걸 새삼 깨닫곤 입으로 긍정 신호를 뱉었다.

"알겠습니다. 알아봐 드리죠."

─오, 정말이냐?

"네, 오늘 당장이라도 가능해요."

─크, 역시…… 너에게 물어보길 잘했네.

"그래서 드리는 말씀인데…… 혹시 몇 시까지 깨어 계실 건가요?"

어제 내가 부재중일 때 전화를 건 인물은 채한열 뿐만 아니라 사모의 은사이자 대한민국 1세대 바이올리니스트인 백하윤도 있었다.

'예전부터 해외 공연을 자주 다녔던 백하윤이라면 응당 외교부에 지인이 있겠지. 그러잖아도 매번 나를 볼 때면 바이

올린 어쩌고를 해 대는 게 마음에 걸렸는데…….'

잘만 하면 나는 이번 기회에 그 여자아이를 재물(?)로 바치고 백하윤과 사모의 주박에서 벗어날 수 있을 것이다.

'듣던 대로 대단한 실력의 소유자라면 좋겠군.'

언제까지 대기할 수 있냐는 내 말에 채한열은 오늘 날밤을 새워서라도 깨어 있겠다고 답했다.

"죄송해요. 피곤하실 텐데."

—걱정할 거 없어. 내가 먼저 부탁하는 입장인걸. 게다가 내일은 푹 쉴 테니까. 그나저나 너, 외교부 빽도 있었냐?

"하하, 그럴 리가요. 다만 아저씨가 말씀하신 내용은 백하윤 선생님께서도 흥미로워하실 거 같으니까, 그 부분은 선생님께 부탁드려 보려고요."

대수롭지 않은 듯 백하윤을 언급했더니, 수화기 너머로 잠시 침묵이 이어졌다.

—엥? 잠깐, 백하윤이라면 혹시…….

"알고 계세요?"

—당근이지! 백하윤이라고 하면 대한민국 1세대 바이올리니스트잖나. 오히려 그래 주면 이쪽이 더 고마울 정도야……. 그나저나 너한테 백하윤 선생님 빽이 있는 줄은 몰랐다.

채한열은 내게 외교부 빽이 있는 것보다도 백하윤과 아는 사이라는 것에 더 놀란 듯했다.

"그러면 백하윤 선생님께 말씀드려 볼 테니 기다려 주시겠어요?"

─물론. 그럼 전화 기다린다. 아, 혹시 CBS에 갈 거면 비디오 곧장 볼 수 있게 미리 말해 둘게.

"네, 감사합니다."

─감사는 무슨. 아무튼 그러면 이만. 좋은 소식 기다리마.

일이 그렇게 됐으니, 나는 채한열과 통화를 마치자마자 곧장 백하윤에게 전화를 걸었다.

─여보세요.

개인 연락처로 전화를 걸었더니, 그녀는 신호가 몇 차례 가기도 전에 전화를 받았다.

"안녕하세요, 선생님. 이성진입니다. 통화 괜찮으세요?"

─어머, 성진 군.

백하윤은 내가 누구라는 것을 밝히니 전화를 받으며 나온 사무적인 어조가 금세 자상하고 상냥한 말씨로 바뀌었다.

─물론이죠. 안 그래도 어제 회사로 전화를 걸었는데 부재중이라고 들었어요.

"하하, 그러셨군요. 제 개인 연락처로 연락하셔도 되는데."

─아니에요. 성진 군 바쁜 건 잘 알고 있고…… 회사로 전화를 걸었던 건, 이번에 성진 군 회사에 용무가 있었던 거니까요.

좀 더 안부를 주고받을 줄 알았더니 백하윤은 빠르게 본론으로 넘어가려는 듯했다.

　-괜찮다면 점심 함께 어때요?

"물론이죠. 그런데 선생님 스케줄만 괜찮으시다면 좀 더 일찍 뵈었으면 합니다."

　-그래요?

백하윤은 스케줄을 확인하는 모양인지 잠시 뜸을 들인 뒤 수화기 너머로 말을 붙였다.

　-좋아요. 그렇게 하죠. 그러면 번거롭겠지만 성진 군이 서울 쪽으로 나와 줄 수 있겠어요?

"그럼요. 가겠습니다. 바른손레코드 사옥으로 갈까요?"

나는 백하윤과 약속을 잡은 뒤, 곧장 사장실을 나섰다.

"사장님, 어디 가세요?"

"아, 예. 바른손레코드에 백하윤 선생님을 뵈러 갑니다."

어제 내가 부재중일 때 백하윤에게서 전화가 걸려 왔단 내용을 전한 것이 전예은이니 그녀는 그러려니 하는 한편, 내가 오전부터 외근을 나가는 모양새에 쓴웃음을 지었다.

"알겠습니다. 오후 일정은 그대로 진행하실 건가요?"

"네, 그때쯤엔 회사로 복귀할 예정입니다. 혹시 또 다른 일이 있나요?"

전예은은 잠시 뭔가를 생각하는 눈치더니 이내 고개를 저었다.

"아뇨, 없습니다."

"뭔가 있는 눈치인데요."

내 말에 전예은이 살짝 웃었다.

"생각해 보니 사장님께 부탁드릴 일은 아니어서요."

"네? 오는 길에 과자라도 사 올까요?"

"아뇨, 그게 아니라⋯⋯."

전예은은 손사래를 치곤 머쓱하게 말을 이었다.

"실은 오늘 마침 윤아름 씨가 KBC에서 미팅이 있는데 천희수 실장님은 SBY 지방 촬영 일정이 잡혀 있어서요."

나는 전예은이 무슨 말을 하려는지 대번에 파악했다.

우리 소속사 배우님을 픽업할 차량이 필요하다는 거군.

"잘됐네요. 가는 길이니까 제가 픽업해서 가죠."

안 그래도 CBS에 갈 일이 있었는데, 마침 잘됐구나 싶었다.

'방송국은 다 그 동네에 모여 있으니까.'

내가 흔쾌히 한 말에 전예은은 송구스러운 기색을 감추지 못했다.

"그럼 그렇게 해 주시겠어요? 죄송합니다, 원래는 제가 해야 할 일인데⋯⋯."

아니 네가 해야 할 원래 일은 SJ엔터테인먼트 서브 매니저가 아니라 비서 업무다만.

"신경 쓰지 마세요. 이것도 다 회사 업무인데요."

그나저나 일손이 이렇게 부족할 지경이라면 SJ엔터테인먼트 쪽에 인력 충원을 하긴 해야겠단 생각이 들었다.

'아무리 연예계라는 게 스케줄이 없을 땐 세상 한가하고, 스케줄이 생기면 손이 열 개라도 부족한 바닥이라지만…….'

요 몇 달간은 윤아름에게 이렇다 할 스케줄이 없어서 내버려 둔 사이 일이 이렇게 됐다.

'아직은 나나 마동철이나 이 업계에 대한 노하루가 부족한 모양이긴 해.'

뭐, 다들 이런저런 시행착오를 겪어 가며 성장하는 것이겠지.

"아 참, 사장님."

"네?"

"그……."

전예은은 잠시 저어하다가 조심스레 말을 이었다.

"……저도 윤아름 씨는 아직 만나 본 적도 없고, 소문만 들은 거지만요. 요즘 조금 힘든 시간을 보내고 있는 거 같아요."

그 자신만만한 윤아름이?

"무슨 일이라도 있습니까?"

"소위 말하는 과도기로 보여요."

과도기라.

전예은이 말을 이었다.

"사장님이 가장 잘 아시겠지만 윤아름 씨는 국내에서 아역 배우로 손꼽히는 분이잖아요? 얼마 전 주연으로 나온 영화도 평단의 호평을 받았고요. 그래서…….”

한창 사춘기인 여자애에 대해 신중하게 접근하려 해서 그런 걸까, 전예은은 내게 윤아름의 상황을 설명하기 어려워했다.

'즉, 배우로서 윤아름은 더 이상 아역 배우도, 그렇다고 성인 배우도 아닌 애매모호한 상태에 처해 있다는 거로군.'

나는 전예은을 물끄러미 바라보다가 고개를 끄덕였다.

“알아두겠습니다.”

나는 지하 주차장으로 내려가 전예은의 연락을 받고 대기 중이던 강이찬의 차에 올라탔다.

“어디로 모실까요?”

“일단 서울로 가 주세요.”

나는 강이찬에게 대강의 목적지만 전달한 뒤 윤아름의 핸드폰으로 전화를 걸었다.

'그나저나 윤아름도 꽤 오랜만에 보겠군.'

몇 차례 신호가 가고, 윤아름이 전화를 받았다.

ー여보세요.

“안녕. 네 고용주야.”

ー…….

핸드폰 너머 윤아름은 잠시 아무 말이 없더니.

ー엥? 성진이 너니?

윤아름이 당황했다.

ー왜? 무슨 일이야?

"왜, 나는 용건 없으면 전화도 못 걸어?"

-아니, 그건 아닌데, 그래도……

당황한 기색이던 윤아름은 곧 쏘아붙이듯 말을 이었다.

-그야, 살면서 너한테서 전화 받아 본 게 손에 꼽을 정도니까 그러지. 그나마 걸려 온 것도 다 업무 내용이고.

"그랬나?"

-그렇다니까.

그렇게 내게 한 차례 쏘아붙인 윤아름은 잠시 후 어조를 바꿔 내게 물었다.

-……그래서 실제로는 아침부터 무슨 일이니? 혹시…….

윤아름이 말끝을 흐리기에 무슨 말을 하려나 싶어 기다려 봤지만, 윤아름은 이내 알아서 얼버무렸다.

-아니, 아무것도 아니야. 그래서 뭔데?

"별거 아니야. 마침 그쪽 가는 길에 너 태워 주면 좋겠다고 비서에게 들어서. 바로 나올 수 있지?"

윤아름은 한참 만에 얼빠진 소리로 내 말을 받았다.

-……엥? 그런 이유로?

"싫으면 말고."

-아니야, 바로 나갈게. 설마 지금 우리 집 앞이니?

수화기 너머 허둥지둥, 부산스럽게 움직이는 윤아름의 모습이 왠지 눈에 선했다.

"아니, 이제 분당에서 막 출발했으니까 아직은 아니야."

―바로나 다름없네 뭐. 준비 마치는 대로 곧장 나갈게. 이
만 끊어.

윤아름은 그 뒤 곧장 전화를 끊었다.

'거참, 명색이 잘나가는 여배우란 애가.'

이럴 때 보면 아직 애구나 싶다.

이윽고 강이찬이 모는 차는 윤아름이 사는 집 앞에 도착했
다.

윤아름은 우리 소속사에 들어온 뒤부터 부모의 허락하에
집을 나와 자취 아닌 자취를―그 극성맞은 모친이 거의 매일
찾아간다고 하니―하고 있었는데, 명분은 방송국 가까이 사
는 것이었지만 실제론 내가 일부러 그녀를 가족과 떨어트려
놓고자 권한 것에서 기인했다.

동서고금을 막론하고 주목받는 아역 배우가 나중엔 가족
들에 휘둘려 커리어를 망치는 꼴은 연예계에 파다한 일이었
고, 전생의 그녀는 마침 그 예시 중 하나였다.

'지금보다 인기가 덜한 전생에도 그랬는데, 이번 생에는 오
죽하겠어.'

그래서 나는 그녀의 자취 비용뿐만 아니라 수익 일체를 회
사에서 관리하게 했다.

그런 조치가 효과가 있었던 걸까, 윤아름이 집을 나와 혼
자 살기 시작한 뒤로 이렇다 할 소문은 들리지 않았다.

'그래서 모든 게 잘 풀리고 있단 생각으로 마음 놓고 있었

는데……'

방금 전 전화 통화를 하며 느낀 거지만, 정작 윤아름의 속
사정은 딱히 그렇지만도 않은 걸지 모른다.

'나야 전생의 윤아름이 아역 배우로 어땠다는 걸 알고 있
으니 지금이 그때보다 낫다는 생각을 할 수 있었지만, 당사
자 입장에서는 또 다른가.'

나는 핸드폰을 만지작거리며 창밖을 보았다.

'저기군.'

오피스텔 입구에서 팔다리가 길게 쭉쭉 뻗은 여자애가 선
글라스를 낀 채 주위를 두리번거리고 있었다.

"저쪽으로 가까이 가 주세요."

"예, 사장님."

우리가 탄 차는 윤아름 앞에 도착했고, 나는 창문을 내려
윤아름에게 인사했다.

"안녕."

"아."

윤아름은 나를 보며 한 차례 웃었다가 이내 도도하게 표정
을 고치며 내 옆, 뒷좌석에 올라탔다.

"안녕하세요."

윤아름은 선글라스를 벗으며 운전석의 강이찬에게 인사했
다.

"예, 안녕하십니까."

피차 면식이 아예 없는 건 아니지만, 강이찬과 윤아름은 데면데면한 사이였다.

　　'그렇다고 굳이 친해질 이유도 없지만.'

　　나는 강이찬에게 차를 출발시키라 명했고, 윤아름은 선글라스를 핸드백에 넣곤 나를 보았다.

　　"안녕, 오랜만이야."

　　"오랜만인가?"

　　"요 몇 달간은 코빼기도 못 봤는걸."

　　윤아름은 툴툴거리더니 나를 위 아래로 훑었다.

　　"그나저나 성진이 너, 못 보던 새 많이 컸다?"

　　"그 정도야?"

　　"응, 이젠 키도 나보다 크겠네."

　　윤아름의 말을 대수롭지 않게 받았지만 내심은 나도 같은 말로 받아치고 싶었다.

　　한창 성장기인 윤아름은 못 보던 사이 어린애 티를 벗고 부쩍 성숙한 모습으로 거듭나는 중이었다.

　　'화장하기에 따라선 어른이라고도 봐 줄 수 있겠는데.'

　　물론 무의식중에 드러나는 행동거지 등에서 아직 어린 티를 채 못 벗은 느낌은 들지만, 스크린에서 보자면 그녀는 실제 나이에 비해 좀 더 폭넓은 연기 변신도 가능할 것이다.

　　'물론 그러려면 먼저 감독 쪽에서 그럴 의향이 들어야겠지만.'

윤아름이 입을 뗐다.

"태워 줘서 고마워. 사실 오늘은 회사에 차가 없대서 택시나 타고 갈까 했거든."

"그래?"

"응. 그런데 오늘따라 무슨 바람이 불었는지는 몰라도 우리 사장님께서 직접 바래다주신다니, 이건 영광으로 알아야겠지?"

"아닙니다, 제가 모셔야지요."

"얘는."

윤아름이 싱겁다는 듯 픽 웃었다.

역시, 직접 얼굴을 마주하고 있으니 그녀가 일종의 슬럼프를 겪는 중이라는 것이 실감이 났다.

"슬슬 네 전담 매니저를 뽑아야겠네."

"신경 쓰지 마."

윤아름이 손사래를 쳤다.

"보다시피 평소엔 일도 없는걸. 오늘도 촬영이 아니라 저기 기획 쪽에서 가볍게 얼굴이나 보잔 거여서 보다시피 미용실도 안 가고 집에서 바로 나왔잖니."

윤아름의 반응을 보니, 우리 SJ엔터테인먼트 전무인 마동철도 그녀 전용 매니저를 고용해야겠다는 생각은 하고 있었던 모양이지만, 아무래도 그녀 선에서 그럴 필요 없단 식으로 제지한 듯했다.

"저번에 듣기론 단막극 몇 개 찍는 모양이더니, 요새는 촬영 없어?"

"없어, 없어. 얘는 그게 언젠데."

윤아름이 피식 웃었다.

"맞아. 한동안은 우리 방 감독님 덕에 끼여서 몇 개 찍었는데, 지금은 감독님도 신작 각본에 들어가신다더니 이래저래 바쁘시고……. 그래서인지는 몰라도 지금은 불러 주는 사람도 없네. 사장님 앞에서 할 말은 아니지만 배우 윤아름은 개점휴업 상태야."

윤아름은 자조적으로 말하곤 기지개를 쭉 켰다.

"그래서 한동안은 백수라고 소개하고 다니지."

나는 이어지는 윤아름의 자조 섞인 말을 일부러 가볍게 받아쳤다.

"백수는 무슨. 그 전에 넌 학생이잖아."

"아, 그러네."

윤아름을 생각해 일부러 가볍게 말을 받기는 했지만.

앞서 전예은에게 들은 바도 있고 해서, 현재 윤아름이 처한 상황이 어떤지 얼추 이해가 갔다.

'아역 배우와 성인 배우, 드라마 배우와 영화 배우, 전예은이 한 말대로 윤아름은 지금 이모저모 한 가지만 있어도 곤란할 과도기적 상황을 두 개나 겪고 있는 중이군.'

웃으며 내 말을 받은 윤아름은 이내 쓴웃음을 지었다.

"뭐, 아무튼 오늘은 모처럼 불러 줘서 가 보는 건데, 혹시 뭔가 들은 거 없니?"

"……글쎄다."

엔터 쪽 일은 마동철에게 전부 맡겨 둔 상황에 내가 알고 있는 게 있을 리가.

'……다만, 전생의 기억을 더듬어 한 가지 그게 아닐까 싶은 건 있기는 한데.'

그래도 괜히 서둘렀다간 될 일도 그르치게 될지 모르니— 사실 설명할 방도도 없고—나는 생각한 바를 입 밖에 내지 않았다.

'하지만 그거라면, 지금 윤아름의 성장통을 해소하는 일에 도움이 될지도 모르겠군.'

한편 잠시 창밖을 바라보던 윤아름은 고개를 돌려 친구에게 하듯 생글생글 웃는 얼굴로 나를 보았다.

"그나저나 성진이 너는 요즘 어때?"

"뭐가?"

"뭐든. 회사 일이든, 가족 일이든……. 아, 가족이라고 하니까 한군네는 잘 지내?"

"그럼. 성아 같은 경우엔……."

처음엔 다소 과장해서 오랜만에 만난 서먹함을 씻어 내려는 느낌이던 윤아름은 그동안 대화 상대가 없었던 것처럼 한번 물꼬가 트이기 시작하자 내게 이런저런 소소한 근황을 묻거나 묻지도 않은 신변잡기적인 이야기를 늘어놓기 시작했다.

"SBY 오빠들한테 들으니까, 아직 네가 사장인 거 모르는 눈치더라?"

"일부러 숨긴 건 아니야."

"진짜?"

"1집 때였나, 코앞에서 고용주를 욕하고 있는데 거기 대고 내가 사장이란 말을 하긴 뭣했거든."

거기엔 요즘 잘나가는 SBY 이야기며.

"혹시 예은 언니라는 분이 네 비서니?"

"들었어?"

"그럼. 나도 만나 보진 못했지만 오빠들 말로는 되게 유능하다고 입에 침이 마르도록 칭찬하더라. 유능한 커리어 우먼이라, 동경하게 되네."

그녀가 아직 '보지 못한' 전예은의 존재까지도 화제에 올랐다.

'그땐 전예은의 존재를 인지하지 못했겠지만 사실 작년 연말 요한의 집에서 자선 행사할 때 보긴 봤지.'

그렇다고 서로 얼굴을 마주하고 통성명을 한 적은 없으니, 전예은이 내게 한 말마따나 '모르는 사이'라고 해도 무방하기는 하겠지만…….

'그런 전예은이 오늘 내게 은근히 윤아름의 케어를 부탁했

다는 건, 그때 이미 현 상황의 전조 비슷한 것이 있어서였나?'

제아무리 전생부터 이성진의 뒤를 따라 이런저런 연예인을 간접적으로 만나고 다닌 나라고 하나, 그런 나조차도 그들의 '사생활'이 어떤지는 알지 못한다.

'그것도 아역 배우는 더더욱.'

이번 생엔 가까이 한성아라는 예시가 있긴 하지만, 한성아는 사실 윤아름에 비하면 'TV에 출연하고 있다'는 정도뿐이지, 일거수일투족을 주목받는 위치도 아니고.

생각해 보면 나는 전생의 윤아름이 이 시기 어떠했다는 매스컴상의 표면적인 기록만을 알고 있을 뿐이었고, 전생에 비해 안정적이라는 것만 고려한 채 신경을 끊고 있었다.

'나도 이 나잇대 여자애들이 외부의 자극에 민감하다는 걸 간과하고 있었군.'

윤아름 정도 되면 교우 관계에서도 진심을 털어놓을 상대는 얼마 되지 않을 것이고, 톱스타인 그녀 주변엔 외경과 질투 섞인 시선만이 가득하다는 것쯤은 조금만 생각해 봐도 알 수 있는 내용이었다.

하물며 전생의 이맘때에 비해 비교할 수 없을 정도로 성공한 이번 생의 그녀라면.

'사람 일이라는 건 단순히 때 이른 성공을 이루었다는 것만으론 안 되는군.'

그러고 보면 전예은이 오늘 사장인 내게 평소라면 하지 않을 것 같은 '부탁'을 한 것도 이해가 갔다.

'개중 잠시나마 내가 윤아름이 무언가 터놓고 말할 수 있는 존재로서 위안이 되어 준다면야…….'

앞으론 윤아름이 보내는 쓰잘데기 없는 문자에도 답장을 해 줘야겠다고 반성했다.

하지만 그것도 잠시, 방송국과 멀지 않은 곳에 주거를 마련한 윤아름과 나누는 대화는 금세 끝에 다다랐다.

그녀는 나름대로 이 시간을 즐겼던 것일까, 창밖으로 보이는 KBC 방송국을 보는 윤아름의 표정은 어딘지 묘한 색체를 띠기 시작했다.

"도착했네."

윤아름은 나직이 중얼거리곤 다시 여배우다운 미소로 나를 보았다.

"바래다줘서 고마웠어. 기사 오빠도요."

강이찬은 속도를 늦추며 담담히 윤아름의 인사를 받았다.

"아닙니다."

윤아름은 강이찬에게 빙긋 웃어 보이곤 창밖을 보았다.

"외부 차량 들어가려면 수속이 복잡해지니까 적당히 근처에 세워 주세요."

"KBC 출입증이라면 갖고 있습니다."

"어라, 진짜요?"

나는 강이찬을 대신해 말해 주었다.

"강이찬 씨도 이래저래 방송국에 갈 일이 많았거든."

"그랬구나……. 아, 그러면 혹시 기사 오빠, 얼마 전 SBY 오빠들이 납치 사건 막았을 때 현장에 있었던 분이세요?"

강이찬이 쓴웃음을 지었다.

"예."

"우와. 성진이 운전기사셨구나. 만나 뵙게 되어 영광이에요."

"아닙니다."

그사이 강이찬이 모는 차는 방송국에 들어서기 직전이었고, 나는 문득 생각난 바가 있어서 끼어들었다.

"혹시 바빠?"

"응?"

선글라스를 끼며 내릴 준비를 하던 윤아름이 고개를 갸웃했다.

"지금? 일 리는 없고, 이 일 끝나고 말이니?"

"지금."

"그거야……."

윤아름은 괜히 창밖을 한번 쳐다보더니 잠시 생각하다가 대답했다.

"점심 전까지만 가면 돼."

"잘됐네. 그럼 너도 동행하자."

내 말에 윤아름은 머리칼을 귓가로 쓸어 넘겼다.

"어디 가는데?"

"백하윤 선생님께."

"백하윤 선생님?"

선글라스를 낀 채라 표정은 확인하기 어려웠지만, 그 반투명한 글라스 너머 어렴풋하게 눈이 동그래진 것이 보였다.

"음…… 나도 선생님 안 뵌 지 오래되기는 했네."

"그러면 같이 가자."

내 권유에 윤아름이 웃었다.

"너도 참, 내가 있으면 선생님도 바이올린 문제로 귀찮게 하지 않으실 거란 의도지? 약았어, 정말."

솔직한 심경으론 슬럼프인 그녀를 조금 더 케어해 줘야겠단 의도로 한 말이었지만, 나는 구태여 윤아름의 오해를 정정하지 않았다.

"그렇게 생각하든가."

"뭐래. 그나저나 성진이의 이런 모습을 보는 것도 오랜만이네? 알았어. 걱정 마, 이 누나가 지켜 줄게."

그녀가 이 상황을 어떻게 생각하고 있건, 겸사겸사 윤아름이 KBC에 '내가 생각하고 있는 일'로 방문할 예정이라면, 그일을 그녀가 붙잡을 수 있도록 신경 써 줄 참이다.

2장

바른손레코드는 삼광전자와 MP3 컬라버레이션을 진행한 것도 있고 해서, 요즘 '한창 물이 올랐다'고 표현할 수 있을 정도였다.

어느 번화가를 가든 바른손레코드 매장은 젊은 세대에게 '일단 거기 바른손레코드에서 보자'고 할 정도의 구심점으로 작용하게 되었고, 매장 근처 공중전화 부스는 이 시대 다른 곳보다 더 긴 줄을 자랑했다.

그래서일까, 전생의 이맘때엔 임원직에서 내려왔던 백하윤이지만, 그런 그녀가 현재는 바른손레코드 매출의 1등 공신으로 평가 받으며 승승장구 중이었다.

"어서 오세요."

백하윤은 빌딩 꼭대기 층에 위치한 임원 전용 방에서 우리를 맞았다.

　"프론트에서 듣긴 했지만 아름 양도 함께 와 주셨군요."

　"네. 죄송해요, 선생님. 요즘 연락을 못 드렸죠."

　"후후, 신경 쓸 거 없어요. 무소식이 희소식이라고들 하니까…… 아름 양이야말로 이젠 제가 쉽게 연락하기 힘든 위치고."

　백하윤의 말에 윤아름은 수줍게 웃었다.

　"아니에요, 선생님."

　격세지감, 이라고 할 만큼 오랜 시간이 지난 것도 아니지만 백하윤과 윤아름, 두 사람과 인연을 맺게 된 콩쿠르 회장 때에 비하면 윤아름은 파격적이리만큼 성공을 거두었다.

　"실은 안 그래도 아름 양이랑 이야기할 것도 있었는데 잘 됐군요. 그보다…… 저는 우선 성진 군이랑 잠시 사업 이야기를 해야 할 거 같은데. 동석해도 괜찮겠어요?"

　나는 고개를 끄덕였다.

　"저는 상관없어요."

　윤아름은 '용건이라는 게 사업 이야기였어?' 하는 얼굴로 나를 보았다가 얼른 나를 따라 고개를 끄덕였다.

　"저도요."

　"그래요, 그럼. 어쩌면 아름 양도 오늘 이야기로 배울 것이 많을 테니까. 배우란 그런 직업이죠?"

"네, 선생님."

미소 띤 얼굴로 고개를 끄덕인 백하윤은 우리를 방에 비치되어 있던 테이블로 안내했다.

"마음 같아서는 주변 세상 돌아가는 이야기부터 하고 싶지만, 실은 조금 긴박하게 처리해야 할 일이 있어서요."

자리에 앉은 백하윤은 퍽 단도직입적으로 본론에 들어갔다.

"성진 군, 지금 회사 내부에선 한창 MP3 이야기가 나오고 있어요."

백하윤의 말을 들으며 나는 올 게 왔다는 생각이 들었다.

지금은 모든 게 잘 돌아가는 것처럼 보이지만, 대한민국 음반 시장은 MP3의 대중화와 함께 한 차례 주춤하게 된다.

인터넷이 대중 사이에 보편화되는 시기는 한편 '저작권'과 싸움이 시작된 시기이기도 했다.

'불법 다운로드'라는 말이 나오기 시작한 것도 그맘때로, 이번 생은 그 시기가 조금 빠르게 찾아왔다고 할 수 있었다.

'더군다나 각종 음반사에서 공식적으로 음원을 취급하는 건 이보다 조금 더 나중 일이고.'

결과적으로는 접근성이 높아져 대한민국 음악 업계가 성장하는 계기가 되었지만, 'CD 판매 개수'로 성과를 판가름하는 전통적인 음반 시장 업계에서 MP3의 등장은 경계해야 마땅했다.

지금도 컴퓨터가 있는 집에서는 손쉽게 음원을 추출해 MP3에 넣어 다니는 것이 가능한 시대에 돌입하고 있으니, 용돈으로 생활하는 학생들에게 MP3 파일은 매력적인 선택지였다.

　백하윤이 임원으로 있는 바른손레코드 역시도 그 점을 조금씩 인지하기 시작하면서, 지금의 반짝 호황기를 누리게 한 MP3에 대한 경각심을 곤추세우기 시작하는 모양이었다.

　'게다가 그건 백하윤을 공격하기 더없이 좋은 구실이기도 하지.'

　백하윤이 말을 이었다.

　"들리는 소문에는 이제라도 MP3를 위법한 것으로 취급해야 한다는 과격한 움직임을 준비하는 사람도 있을 정도거든요."

　"아마 힘들 겁니다. 추출된 MP3 파일을 공유하는 것이라면 모를까, MP3 자체가 불법인 것은 아니거든요."

　아직 해외에서도 '냅스터 논쟁'으로 불리는 일련의 P2P 적법성 판례가 나오기 전이긴 했지만, 백하윤은 담담하게 현 상황을 긍정했다.

　"저도 그렇게 생각해요. 성진 군의 말대로 되겠죠. 이게 시대의 흐름이라면 그걸 거스르는 것은 어리석은 일이기도 하고…… 잠시 개인적인 이야기를 하자면 CD가 나왔을 때도 비슷한 상황이었죠. 카세트테이프 업계며 레코드 시장이 사장된다는 주장이 나왔으니까."

"……."

굳이 끼어들지는 않겠지만, 이번 사태의 여파는 그런 것보다 더 클 것이다.

백하윤이 자세를 고쳐 앉았다.

"하지만 회사 입장에서는 현재 상황이 더 이상 곤란한 지경에 이르기 전에 손을 쓰고 싶어 하고 있어요. 제 의견은 아니지만 일부 임원들은 입법을 해서라도 미연에 사태를 방지해야 한다는 견해도 내놓는 중이고요."

백하윤은 '일부 임원'이라 에둘러 표현하고 있었지만, 따지고 보면 백하윤에 반하는 반대 파벌 전체의 견해라고 보아도 무방하리라.

"그래서 저 개인적으로도, 바른손레코드 등기 임원 중 한 사람으로서도 성진 군의 입장을 듣고 싶었어요."

여기에는 백하윤도 대놓고 표현하지는 않았지만, 내가 자칫 '그들'과 적대하게 된다면 문화계 전반에 막강한 영향력을 행사 중인 바른손레코드는 독자적으로 '불이익'을 줄 수도 있을 거란 암시가 들어 있었다.

이 상황에 나와 친분이 있는 백하윤이 비공식적으로, 동시에 조만간 공식적으로 어떤 입장을 내놓을 것임을 말하고자 나를 부른 것이었다.

사실, 아직 광통신망이 깔리기 전인 지금 이 문제를 논하는 건 시기상조다.

지금 이 시기 시중에 나돌고 있는 MP3 파일 때문에 매출이 감소했다고 주장하는 건 구더기 한 마리 때문에 장맛을 모두 망쳤다고 주장하는 것이나 진배없는 억지였다.

백하윤은 뿔테 안경 너머로 나를 지그시 바라보며 내가 무언가 '새로운 대안'을 내놓을 수 있기를 기대하는 눈치로 말을 이었다.

"그러면 바른손레코드의 좋은 사업 파트너이자 우리나라에 MP3를 도입한 당사자인 성진 군에게 묻기는 조금 조심스럽지만…… 성진 군. 성진 군은 앞으로 음반 시장이 어떻게 흘러갈 것으로 보이나요?"

나는 생각하고 있던 바를 솔직하게 말했다.

"죄송한 말씀이지만 바른손레코드에겐 힘든 시기가 찾아오게 될 거예요."

"……솔직해서 좋군요. 혹시 처음부터 이렇게 될 줄 알고 있었나요?"

"예."

백하윤은 움찔했다가 화를 참듯 뜸을 들여 대답했다.

"그게 성진 군, 아니 SJ컴퍼니의 공식 입장이라면 곤란하게 됐군요."

별생각 없이 따라온 윤아름은 분위기가 이상하게 돌아가는 것처럼 보이니 당황하는 기색이 역력했지만, 차마 그녀가 끼어들어 중재할 분위기는 아니었다.

'그건 조금 미안하네.'

하지만 한편으론 바른손레코드의 그 내부 파벌 덕분에 '불법 공유 문제'가 수면 위로 떠오르기 전에 공식적으로 대처할 수 있게 되었으니 나로선 그들에게 감사해야 할 지경이다.

'실제 2000년대 들어 매출이 천억 단위로 뚝뚝 떨어지는 꼴을 그들이 보게 되면 내 입장은 더 곤란해지거든.'

백하윤에게는 조금 미안한 일이지만, 음반 업계의 매출 하락은 2000년대 중반에서 후반에 이르기까지 꾸준하게 이어지며 종국엔 전통적인 오프라인(이라고 그때 가서는 온라인 시장과 따로 구분 지을 만큼 시장의 개념 자체가 갈린다) 음반 시장의 끝에 방점을 찍다시피 한다.

'비단 국내뿐만 아니라 해외에서도 타워 레코드가 청산 절차를 밟으며 세간에 충격을 던졌지.'

관련해서는 여러 분석이 있는데, 그중 내가 좋아하는 해석은 고객들에겐 '애당초 음반 전체를 구매할 의사가 없기 때문'이란 내용이다.

지금 이 시대, 어느 가수가 음반 하나를 내려면 앨범을 대표하는 대표곡뿐만 아니라 앨범에 수록할 열 몇 곡가량의 음악도 작업을 해야 한다.

그러다 보니 아무래도 '대표곡이 아닌' 음원에 대해선 들인 시간과 비용, 그에 따른 노력이 대표곡에 비해선 상대적으로 뒤떨어질 수밖에 없고, 해당 가수의 열렬한 팬이 아닌 일반 대중은 대표곡만이 마음에 들더라도 울며 겨자 먹기 식으로 앨범 하나를 통째로 구매해야 했다.

더욱이 아무리 팬이라 하더라도 차마 들어주기 힘든 완성도의 곡이 지뢰처럼 하나씩 숨어 있기도 했으므로, CD를 통해 가수의 앨범을 듣는 팬조차 '이 곡은 앨범에서 빼면 좋겠는데' 하는 바람도 내심 있었으리라.

그래서일까, 이 시대에는 근미래 사람들이 스트리밍 목록을 만들어 내듯 각 연도의 대표곡만을 엄선한 카세트테이프나 비공식적인 CD가 암암리에 판매가 될 정도였고, 그에 따른 수요도 마땅히 있었다.

물론 그게 무조건 나쁘다는 것만은 아니다.

가수 역시 예술 종사자 중 하나인데, 그들이라고 해서 팬들을 기만하고자 했겠는가.

설령 대표곡이 아닐지라도 앨범에 수록된 곡 모두는 가수 나름대로 자신의 강점을 분석해 최선을 다한 흔적이고, 이러한 실험과 노력은 대중음악 업계 전반에 깊이를 더했다.

'그래서 이따금 숨은 보석이라 불리는 음원이 뒤늦게 하나씩 발굴될 때가 있지.'

그로 인해 제2의 전성기를 누리는 기적을 누린 가수들도.

어쨌건 나 역시도 SBY의 2집 음반 작업이 어떻게 이루어지는지를 간접적이나마 가까이서 지켜본 입장이니, 앨범 하나에 온갖 땀과 노력, 눈물이 깃들어 있다는 것도 잘 안다.

우리 회사의 대표 작곡가인 공가희는 때 이른 슬럼프를 극복해야 했고, 반쯤 전담 매니저로 활약한 전예은은 공가희를 어르고 달래 가며 SBY 멤버 한 사람 한 사람을 분석해 각자에 맞는 스타일을 확립했다.

하물며 음반 작업을 하는 과정에 벌어졌을 SBY 멤버들의 노력은 두말할 것도 없다.

'이번엔 멀찍이 물러서서 지켜본 입장이었지만, 만일 내가 그 현장의 당사자였다면 두 번 다시는 하고 싶지 않았을 거 같군.'

하지만 음반 산업, 이라고 했으니 마냥 예술성만을 지향할 수는 없는 노릇이다.

음반 산업 업계가 비대해지고 돈이 돈을 부르는 구조가 만들어지자 업계는 얄팍한 수를 썼다.

대부분의 '차마 들어 주기 힘든 곡'은 이때부터 본격적으로 나오기 시작한다.

이번 생에는 우리가 출발선을 끊었지만, 나는 전생의 경험과 현생의 시장 상황을 분석한 결과 곧, 그리고 향후 몇 년간 아이돌 그룹이 쏟아져 나올 것으로 전망하고 있다.

어르신들의 '요즘 노래는 잘 모르겠다'고 말하기 시작하는 것도 이쯤이다.

초창기 아이돌 그룹의 앨범에는 그들이 각고의 노력과 열정을 다하고 가용할 수 있는 모든 자원을 쏟아부어 만든 대표곡과 더불어 꽤 괜찮은 곡이 두셋, 많으면 네다섯 정도 있었다.

그래서 아이돌 그룹도 대표곡으로 활동하다가 이미지 소모가 어느 수준에 이르면 그다음으로 점찍어 둔 곡을 꺼내 방송에 내보내는 식으로 활동 기간을 늘렸다.

하지만 주지하듯 앨범에 수록되는 곡은 열 곡에서 스무 곡 안쪽 남짓.

예전의 LP판이나 카세트테이프가 유통되던 시절이라면 조금 달랐겠지만(용량의 한계로 20분 남짓의 재생 시간만을 확보하고 있으니 '좋은 곡'만을 엄선해 담아도 충분하니까), 그 시기 유통되던 CD는 기존 LP나 카세트테이프와 비교할 수 없을 정도의 용량을 확보한 저장 매체다.

불길한 전조는 이때쯤 발생하게 된다.

자본주의 논리로 탄생한 것이 아이돌 그룹이라면, 소속사 또한 자본주의적 논리에 입각한 당장의 '합리성'을 추구하는 것도 당연지사.

좋은 곡을 쓰는 작곡가는 손에 꼽을 정도이니 언제나 공급이 부족하고, 공급 부족은 곧 그들의 몸값이 비싸지는 것을 의미한다.

'그 조차도 무조건 성공이 보장되지 않고 말이야.'

이 상황에 그들은 이내 앨범 전체에 시간과 열정을 쏟아부을 필요가 없다는 것을 깨닫고 '선택과 집중'을 전략으로 택했다.

'어차피 팬들은 당연히 사 줄 거고, 설령 팬이 아니더라도 방송에서나 길거리에서 들은 곡에 반해서 사는 일반 대중도 있으니까.'

이런 상황에 '활동 기간 동안만' 대중의 이목을 끌어모을 수 있다면 그 앨범은 성공하는 것이고, 대표곡이 인기를 끌지 못하면 실패한다는 시장 논리가 갖춰지게 된다.

이때부터 국내 대중음악 업계는 몇 년간 팬과 일반 대중 사이에 경계선이 그어지며 양분화를 겪는다.

대중은 시나브로 가수들의 앨범 구매를 주저하게 되었고, TV를 틀면 나오는 아이돌 그룹은 중독성 강한 곡조와 그들의 팬을 위한 서비스에만 신경 쓰는 경향으로 나아갔다.

자본주의 시장에서 신뢰를 잃은 업계가 어떻게 되는가 하는 걸 열거하자면 밑도 끝도 없겠지만, 음반 시장의 몰락도 그 사례 중 하나로 꼽을 수 있을 것이다.

그리고 전생의 이맘때 시장에는 판도를 바꿀 만한 블루칩이 등장하게 된다.

'MP3와 MP3플레이어.'

내가 적극적으로 개입한 이번 생에서는 MP3가 소수의 얼리 어답터뿐만 아니라 젊은 세대 전반에 제법 보편화된 상태이지만, 솔직히 말하면 아직 시장의 판도를 결정지을 만한 환경은 조성되지 않은 채다.

나중엔 반쯤 관용구적 대명사화가 되어 불리는 이 파일 확장자명이 급물살을 타기 시작하는 건 국책 사업의 일환으로 인터넷이 대중에게 전파되고 난 이후이다 보니, 지금 MP3가 시장에 통용되고 있는 방식이라는 것도 어디까지나 '앨범에서 곡을 추출해 내가 듣고 싶은 것만 골라 넣는 정도'밖에 되질 않는다.

그래서 지금 바른손레코드에서 진행하고 있는 MP3 인코딩 사업도 어디까지나 앨범을 구매한 고객에게 한정된 서비스이며, 그러다 보니 눈에 띌 정도의 직접적인 매출 하락으로는 이어지지 않는 것이다.

달리 말하자면 '고작' 이 정도라도 음반 업계의 높으신 분들이 경각심을 가지기 시작할 수준이라는 의미이기도 했다.

전생, 음반 시장의 매출 하락이 가시적으로 드러나던 2000년대 초창기엔 이 사태의 원흉을 한창 대두되기 시작하던 P2P, 즉 불법 음원 공유와 다운로드 탓으로 돌렸다.

패러다임 시프트급의 급격한 기술 발전에 비해 저작권에 대한 대중의 인식이 갖춰지지 않았기 때문에, (극소수의 팬을 제외한)모든 사람이 시장의 몰락을 초래한 원흉이라는 해석이었다.

이는 음반 업계뿐만 아니라 영화 시장, (이때는 목소리가 작지만)게임 업계에게도 귀가 솔깃한 내용이었다.

인터넷을 통한 불법 다운로드의 폐해는 음반 업계만이 아닌 여타 대중문화 전반에 퍼져 있었고, '악화가 양화를 구축한다'는 건 이미 자본주의 시장에서 오래 전에 입증을 마친 사례이기도 했다.

─시장의 매출이 감소하고 나아가 상품의 질적 하락으로 이어지는 원흉은 모두 불법 다운로드를 일삼은 우매한 대중들의 모럴 헤저드 때문이다.

이론적으로나 실리적으로나 심지어 윤리적인 관점에서도 그럴듯한 이야기였다.

하지만 내가 체험한 그보다 먼 미래에는 그 논리도 하나둘 파훼되던 시대였다.

음반 시장의 몰락을 초래한 것으로 여겨지던 불법 음원 공유 사이트들이 하나둘 철퇴를 맞고 사라진 이후에도 음반 업계의 매출은 회복될 기미가 보이질 않았다.

그건 한 차례 폭풍이 지나가고 난 뒤로도 암암리에 잔존하고 있던, 그들도 미처 발견하지 못한 불법 음원 공유 사이트 때문일까?

아니 이땐 이미 시장의 구조가 바뀐 뒤였다.

'공짜라면 양잿물도 마신다'는 이야기가 퍼져 있지만, 사실, 일반적인 사람들은 그러지 않아도 될 만한 상황과 여건이 주어진다면, 딱히 '불법적인 일'을 선호하지 않는다.

모든 건 시간 대비 노력과 그에 따라 감수해야 하는 리스크 문제다.

한때 빌 게이츠는 과연 길을 걷다 바닥에 떨어진 100달러 지폐를 발견하면 이를 주울까, 하는 논쟁이 인터넷에 퍼진 적이 있었다.

이런 게 논쟁이 되었다 함은 '줍지 않는다'고 주장하는 측에 마땅히 고개를 끄덕이게 하는 논리 구조가 있기 때문이다.

그들이 주장하는 내용인즉, 빌 게이츠는 허리를 굽혀 길에 떨어진 100달러를 줍는 시간과 노력을 들이지 않아도 같은 시간, 더 많은 돈을 벌어들이고 있으므로 차라리 그 시간 동안 사업 구상을 하는 것이 더 합리적이란 이야기였다(여담이지만 언젠가 이 질문을 받은 빌 게이츠 본인은 '돈을 주워 주인에게 돌려줄 것이다' 하는 재치 넘치는 대답을 했다).

마찬가지로 일반 대중이 음원을 불법 다운로드 하는 것은 손해를 입은 당사자나 평론가의 주장처럼 그들이 도덕적으로 결함이 있기 때문이 아니다.

어디까지나 그 일이 '들인 시간과 노력'이 감수할 비용에 비해 경제적이기 때문이다.

예를 들어 이론상 '도덕적으로 완성된 인물'이 아날로그 시장에서 자신의 MP3플레이어에 마음에 든 음원을 구하기로 마음먹었다고 치자. 그는 이를 위해 직접 음반 시장으로 달려가 앨범을 구매한 뒤 집에 있을지도 모르는 CD인코딩 기기로 음원을 추출해서 MP3에 집어넣어야 한다는 번거로운 과정을 거쳐야 한다.

하지만 만일, 집에서 마우스 클릭 몇 번으로 이 모든 과정을 해결할 수 있다면?

이론상으로 존재하는 '도덕적으로 완성된 인물'이 아니라면 마땅히 그 방법을 택할 것이다.

그러나 이 일에도 마땅히 리스크가 따른다.

과정이 '불법'이니만큼 다운로드 과정에서 컴퓨터가 바이러스에 걸려도 하소연할 길이 없고, 어느 날 저작권자에게 고소장을 받지 않으리란 보장도 없다(물론 당시엔 대중이 이 '리스크'를 대수롭지 않게 생각하며 간과하고 있었다는 점도 감안해야겠지만).

그렇다고 다운로드 받은 음원이 완전한 상태임을 장담할 수도 없는 상황이니, '불법'에는 불법 나름대로 짊어져야 할 리스크는 다분한 셈이다.

하지만 그런 과정이 손쉽게, 합법적이고 합리적인 선에서 가능하게 된다면 이런 일에 성취욕을 느끼는 취미가 있는 것이 아니고서야 당사자로서는 그 방법을 택할 것이다.

'기술의 발전은 구매도 쉽고 간편하게 만들었지. 개인적으로 스마트폰이 보급된 이후 모바일 게임 시장이 급격하게 커

진 것엔 클릭 한 번으로 결재가 가능한 시스템 덕분이 아닐까 하는 생각도 하고 있고.'

실제로 대중 전반에게 '불법적인 것'으로만 간주되던 인터넷 음원 사이트는 본격적으로 법이 제정되고 난 뒤, 이때다 싶은 듯이 양지로 튀어나오기 시작했다.

물리적 형태가 존재하지 않는 MP3파일은 개당 몇 백 원에서 많아야 천 원인 선으로, 심지어 월정액을 넣으면 그 달에 몇 곡 무료라는 식의 마케팅을 내세우며 합리적인 가격으로 소비자들을 찾아갔다.

'여기서 시대를 좀 더 나아가면 아예 곡을 개별 구매하는 게 아닌, 구독형 스트리밍 형태로 넘어가지.'

이렇게 해서 사람들에겐 앨범을 구매하는 것이 아닌 '곡'을 구매하는 것이 일반적이게 되었다.

새로운 시장이 개척되었으니, 이 상황에 활로를 찾은 사람들도 생겨났다.

그건 전통 음반 업계 종사자들에겐 평생 을일 것 같던 소속사였다.

몇몇 발 빠른 소속사는 이제 음원 판매로 수익을 창출하는 것이 아닌, 아예 극단적이리만큼 '팬층'에 한발 더 다가가는 전략을 택했다.

인터넷으로 인해 낮아진 진입 장벽과 월등히 높아진 접근성은 '스트리밍'의 시대에 이르러 더욱 극대화되었고, 이제는

'한 곡만 잘 뽑아도' 되는 시대, 누군가에게는 역주행도 가능한 그런 시대가 찾아온 것이다.

그리고 소속사는 곡 하나만 잘 뽑아도 인지도에 따른 방송 출연과 공연 등으로 이어지는 순환 구조를 통해 나름의 활로를 찾아냈다.

그 결과 소속사 입장에선 '따로 바깥에 새어 나가는 일 없이' 오롯이 수익을 거둘 수 있게 되었고, 이는 또 투자로 이어지며 나중엔 대한민국 대중음악 업계에는 독자적인 문화 코드가 자리 잡게 된다.

'여기에 K-POP 열풍이라고도 불리는 상황 분석까지 나아가면 상황은 더 복합적이게 되겠지만······ 그 부분은 전생에도 한창 연구 중이었고.'

물론 이러한 각종 요소엔 시대의 흐름을 차마 거스를 수 없었던 것도 있고, 마치 그것이 우리가 미처 파악하지 못한 인간의 본질인 양 착각하게 만드는 것마저 있다.

하지만 지금처럼 모든 사태의 원인을 어느 한 가지 원인—그것도 공격하기 손쉬운 윤리적 관념—탓으로만 돌리면 이후 실제 이익을 벌어들이는 사례에 특정 이론을 적용하는 것이 어려워진다.

게다가 거기까지 나아가려면 지금 시대 기준으로 장장 몇십 년이 지나야 할 일인 데다가, 이런 논리가 당장 백하윤에게 먹힐 리도 없다.

'하긴, K-POP이 빌보드에서 경쟁하는 미래가 온다니 누가 믿어 주겠어. 애당초 그런 용어 자체도 아직 자리 잡지 않은 시대고.'

하물며 내가 아는 미래에서 바른손레코드 같은 전통 음반 업계의 도태와 몰락은 예정된 일이기도 했다.

'그러니 백하윤이나 바른손레코드에게는 일단 그럴듯한 사탕을 던져 주어야겠지.'

이 상황에 그녀가 보란 듯 화를 낸 건, 이 자리에 나온 내 태도 때문이었다.

까놓고 말해서 지금 이 시대엔 아직 MP3는 매출에 영향을 주지 않는다.

'오히려 바른손레코드 매장이 번화가의 랜드마크처럼 되면서 매출은 더 늘었으면 늘었지.'

이 상황이 바른손레코드 입장에서는 고무적인 한편, 그 실적을 바탕으로 회사 내에서 한창 주가를 올리는 중인 백하윤에 대한 견제가 필요해 회의석상에서 'MP3'라고 하는 낯선 기술에 대한 우려를 막연히 끄집어냈을 뿐이다.

그들에겐 사람들이 MP3를 공유하고 있다는 통계적인 근거도 없는 상황일 것이고, 하물며 이런 주장을 제기했을 모 임원조차 억지로 바짓가랑이를 붙잡는 거란 것쯤은 인지하고 있을 것이다.

아무리 우리가 삼광전자의 자회사라지만, 동시에 SBY의 소속사이기도 하다.

이 시대엔 음반 시장이 절대적인 갑에 있었으니, 그들은 평소 그러듯 최근 SBY를 등에 업고 잘나가는 소속사인 SJ 엔터테인먼트에 대한 견제를 백하윤과 싸잡아 떠넘긴 것이었다.

'그렇다고 대중적으로 이미지가 좋은 SBY를 직접 두들기면 그들에게도 악영향이 갈 테니 애꿎은 MP3를 걸고넘어진 거지.'

그러니 오늘 백하윤이 나를 부른 건 이 바닥에 의례적으로 있는 '기죽이기'의 일환으로, 내가 '잘못했습니다.' 혹은 '시정하겠습니다.' 하고 말뿐인 자세로 수긍하기만 하면 그만인 상황의 악역을 떠맡았을 뿐.

'부조리하기는 하지만 로마에 오면 로마법을 따르랬다고, 그게 이 바닥의 생리라면 따라야지.'

그러니 지금 백하윤의 모습은 받아들이기에 따라서는 서운할 수도 있겠지만 나는 오히려 그런 그녀의 태도가 더 마음에 들었다.

오히려 이런 상황에서 정에 어설프게 휘둘려 봐야, 당장 듣기에만 좋을 뿐이지 장기적으로는 도움이 되지 않는다.

'그녀가 찔러도 피 한 방울 나오지 않을 것처럼 엄격하다는 평가를 듣는 것도 이런 성향이 묻어난 걸 거야.'

백하윤과 몇 차례 엮여 보고 알게 된 거지만, 교육자로서 그녀는 차가운 사람이라 여겨질 정도다.

그리고 구시대적이긴 하나 지금 그녀가 하는 것이 애정 어린 훈육임을 나도 모르지 않았다.

현명한 경영자라면 여기서 자존심을 세우지 않고 고개를 숙였겠지만.

나는 여기서 불난 집에 부채질을 했다.

"그뿐만 아니라 제 생각에 추후 음반 시장 전체는 MP3의 영향을 받게 될 거예요."

백하윤은 사실상 자책골을 넣으려는 내 발언에 잠시 당황하는 눈치였다가 속내를 감추듯 픽 웃었다.

"음반 시장 전체? 오늘은 그 문제로 성진 군을 이 자리에 부르기는 했지만 과장이 심하군요."

거 선생님, 여기서 제 편을 들면 어떡합니까.

나는 백하윤의 말을 차분히 받았다.

"딱히 과장은 아닙니다. 선생님께서는 제가 SBY의 1.5집 앨범 음원을 인터넷에 무료로 배포한 걸 알고 계실 거예요."

백하윤이 고개를 끄덕였다.

"생각해 보니 그런 일이 있었죠."

이미 인지하고 있으면서도 이제야 기억났다는 듯 말하는 걸 보니, 백하윤도 팔이 어지간히 안으로 굽는구나 싶다.

"예. 그러면 혹시 선생님께서는 SBY 팬 카페에 올라온 음원의 다운로드 횟수가 얼마쯤 되는지 알고 계세요?"

"보고받은 적이 없어서 모르겠군요. 얼마죠?"

"2집 앨범의 10분의 1 정도입니다."

내 말에 백하윤은 이 일을 어떻게 받아들여야 할지 모르겠단 표정을 했다.

"많은 건가요?"

사실, 지금 상황에서는 저들이 경각심을 가져야 할 정도로 많다.

"예. 게다가 얼마 전 2집 앨범이 가요무대에서 1위를 하고 난 뒤로는 꾸준히 늘어나고 있죠."

이번 생의 대한민국이 전생의 이 시기보다 인터넷에 대해 받아들이는 것이 빠른 편이라고는 하나, 아직 대한민국엔 제대로 된 인터넷은커녕 개인용 PC도 채 보급되지 않았다고 할 수 있었다.

그나마 PC방의 전신이랄 수 있는 인터넷 카페라는 곳이 있기는 하지만 그것도 아직 마이너한 업계였다.

대한민국에 본격적으로 인터넷이 보급되기 시작한 것은 90년대 말, 그조차 00년 대한민국 인터넷 이용자 비율은 20프로가 채 되지 않았다.

하물며 그보다 이전이랄 수 있는 지금은 유의미한 통계자료조차 없을 정도로 미비하다고 할 수 있을 지경이었다.

"그래서 저희는 대한민국에서 인터넷을 하는 사람들은 거의 대부분 SBY의 1.5집 앨범에 대해 인지하고 있거나 음원을 다운로드해 보았다는 의미로 해석하고 있어요."

"……."

백하윤은 딱딱하게 굳은 얼굴로 입을 다물었다.

그녀 또한 미래를 정확히 예단하지는 못할지라도 나름의 근거까지 들어 가며 제시한 내 단호한 긍정에서 MP3라는 것이 업계에 어떤 파장을 불러일으킬지 저어하기 시작하는 것이리라.

다만 그런 그녀조차 이 시대의 신기술인 '인터넷'이라는 것에 대해서는 아직 개념이 잡히지 않은 듯했다.

"하지만 인터넷을 하는 사람은 아직 소수잖아요?"

"네, 지금 당장은요. 하지만 나중에는 온 국민을 범주에 넣어야 할 거라고 전망하고 있습니다."

"……그 정도로요?"

"예. 그때가 오면 이용 가격 면에서나 속도 면에서 지금과 비교도 할 수 없을 정도가 될 테고, 실생활에 끼치는 영향은 열거하기 힘들 정도로 커질 겁니다."

"……."

백하윤은 내 말을 어떻게 받아들여야 할지 잘 모르겠다는 눈치였다.

'백하윤도 나름 이 시대 첨단산업의 선두 주자에 속해 있는 입장인데도 말이야.'

하지만 그런 그녀의 반응을 이해 못 할 바는 아니었다.

사실 이휘철이나 최갑철 정도가 되니 인터넷이란 개념을 받아들이는 것이지, 일반적인 백하윤 세대는 결국 남은 평생 인터넷과 연관 없는 삶을 살았다.

'그러기는커녕 평생 핸드폰을 사용해 본 적도 없이 살다 가는 사람들도 있을 정도야.'

그렇기는 해도 어쨌건 백하윤도 시대에 족적을 남긴 인물이어서 그런지, 그녀는 내가 말하고자 하는 바의 요지를 정확히 짚어 냈다.

"그러면 성진 군 생각은 머지않은 미래에 많은 사람이 인터넷을 통해 음원을 '불법 공유'할 거란 말씀이군요."

"그렇습니다."

백하윤이 인상을 찡그리더니 한숨을 내쉬었다.

"오늘 성진 군이 저를 찾아온 건 SJ컴퍼니 사장으로서 공식적인 방문을 한 거예요. 그러면 저는 지금 성진 군의 발언을 회의 때 언급해야 할 거고요. 성진 군은 그게 어떤 의미인지 알고 있나요?"

나는 고개를 끄덕였다.

"알고 있습니다. 그리고 저는 지금 바른손레코드 측에 새로운 사업 아이템을 제시하는 중이고요."

내 말에 백하윤은 자세를 고쳐 앉았다.

"……새로운 사업 아이템?"

"예. 투자 대비 실익을 거두기까지는 시간이 조금 오래 걸리는 사업이기는 하지만요."

그제야 백하윤은 내가 어떤 의도로 그런 말을 했는지 알아챈 얼굴로 내 말을 받았다.

"그건…… 제가 이해한 게 맞다면 성진 군은 MP3를 사람들에게 '대금'을 받고 판매할 수 있을 거라는 말이군요."

그러면서도 백하윤은 그녀에겐 아직 물리적 실체 없이 개념상으로만 존재하는 디지털 음원을 '금전'으로 구매한다는 것을 어떻게 받아들여야 하는지 모르는 얼굴이었다.

"예, 그것도 인터넷을 통해서요."

"……"

여기에 그녀에겐 생소한 인터넷이란 개념까지 끼였으니 백하윤은 골치가 아픈 듯 관자놀이를 손가락으로 문질렀다.

"지금 성진 군이 말하는 것의 반도 따라잡지 못하고 있는 걸 보니, 저도 나이가 들었네요."

백하윤은 자조적으로 웃으며, 한편으론 내가 이 사태에 대안을 제시한 것을 기꺼워하는 표정이었다.

"아뇨, 아직 정정하신걸요."

"후후, 그런 말을 듣기 시작했다는 것부터가 나이가 들었다는 거죠."

그럼에도 백하윤은 아까 전 악역을 자청할 때보다 한결 부드러워진 얼굴이 됐다.

"좋아요. 지금은 성진 군이 바른손레코드가 납득할 수 있는 수준의 대안을 강구하고 있었다는 점이 중요하니까. 하지만 나중에 제가 성진 군이 한 말을 임원 회의에서 제대로 전달할 수 있을 거라는 생각이 들지 않는다는 점이 곤란하게 됐네요."

그건 바른손레코드 임원들도 마찬가지 아닐까.

그렇게 보면 이 자리에서 간접적이나마 사안의 핵심에 접근한 백하윤은 이해가 빠른 편이라고 할 정도다.

'심지어 내 곁에 앉아 있는 윤아름조차 아까 전부터 줄곧 맹한 얼굴일 정도니까.'

하지만 내 입장에서는 이 일이 그들에게 개념상으로 받아들이기 힘든 일일수록 좋다.

어떤 일을 어떻게 하면 좋을지 모를 때 사람들은 화를 내거나 외면하고, 그 일이 이득으로 돌아올 것 같으면 도움을 요청한다.

아마 바른손레코드는 화를 내는 동시에, 이 일이 이득이 된다고 판단하는 즉시 입안자인 내 손을 빌리려 할 것이다.

'어차피 나도 바른손레코드 쪽에 전권을 이양할 생각은 추호도 없고, 설령 다른 쪽을 알아보려 해도 지금은 방도가 없을 거야.'

오히려 나로선 이 자리에 그들의 대타로 나온 백하윤이 내게 호의적이라는 점이 아쉬울 지경이다.

백하윤이 말을 이었다.

"그리고 방금 전 성진 군은 본인 스스로 '불법 공유'에 대한 사측의 우려를 긍정하지 않았나요?"

"그랬죠. 아마 인터넷이 사회 전반에 확산되면 불법 공유 이용자 수도 그만큼 늘어날 겁니다. 나중엔…… 지금 사측이 문제 삼고 있는 방식보다 더 손쉬운 일이 되겠죠."

이런 상황이라도 인정할 건 인정하고 넘어가야 했다.

게다가 오히려 그러는 편이 내가 계획 중인 사업을 전개하는 것에 유리하기도 하니까.

'당근과 채찍……. 아니, 이땐 채찍을 가하고 보니 마조히스트였단 거려나.'

내가 그쪽 취향이라는 건 결코 아니지만, 어쨌건.

지금은 저들의 MP3 불법 공유에 대한 경각심을 가져 준다면, 이들은 그에 대한 책임을 지지 않기 위해서라도 숟가락을 얹기는커녕 모르쇠로 일관할 것이다.

한편 백하윤은 '그 부분은 부정해 주길 바랐다.'라는 식으로 나를 보며 쓴웃음을 지었다.

"그러면 성진 군은 사람들이 지천에 공짜가 널린 상황임에도 불구하고 기꺼이 음원을 구매해 줄 거라고 보는 건가요?"

"그 정도로 낙관적이지는 않습니다. 그런 일이 전혀 없을 거라고 장담한다면 그건 거짓말일 테고요."

백하윤이 고개를 끄덕였다.

"그래요. 어느 시대에나 정가를 내지 않고 서비스를 이용하려는 사람들은 있기 마련이니까요. 다만, 제 생각이 맞는다면 향후 MP3 불법 공유 문제는 라디오에서 흘러나오는 곡을 카세트테이프로 녹음하거나 요즘 나오는 소위 짝퉁 CD와는 차원이 다른 문제로 불거질 것 같군요."

백하윤은 '잘은 모르지만' 인터넷이란 매체의 접근성이 낮아진다면, 해당 사안이 큰 문제로 불거질 것이라고 우려했다.

동서고금을 막론하고 대중이 이해하지 못하는 신기술이 나오면 우려와 걱정, 그에 따른 폐해부터 생각하기 마련이고, 나로선 그녀가 이 정도만이라도 이해해 주었으면 충분하다.

"그렇게 되겠죠. 저도 그 부분은 우려하고 있습니다."

"문제는 그게 어느 정도 선일 거냐는 거예요. 성진 군은 이렇게도 말했죠. '바른손레코드에게는 힘든 시기가 찾아올 것'이라고요. 그 말에 과장이 없다면, 성진 군은 그에 대한 대비책도 강구해 놓았다는 건가요?"

나는 잠시 생각하는 척하다가 백하윤의 말을 받았다.

"표현을 정정하겠습니다. 바른손레코드에게는 '한동안' 힘든 시기가 찾아올 거라고요."

"······한동안이라 함은?"

나는 이때, 생각한 기한을 일부러 줄여 답했다.

"본격적으로 사태가 인지되고 향후 5년 정도입니다."

"……."

백하윤은 입을 꾹 다물었다.

음, 그것도 너무 긴가?

"그건, 꽤 장기적인 관점으로 바라봐야 할 일이군요."

백하윤의 말에 나는 고개를 끄덕였다.

"예, 한동안 수익도 보장하기 힘든 일이고요."

백하윤 앞에서 굳이 이런 말을 하지는 않겠지만, 심지어 이 일이 수익을 거둘 때가 오면 바른손레코드 같은 전통 음반 시장은 이미 몰락이 확정된 상태일 것이다.

"으음."

백하윤은 잠시 생각하다가 내게 물었다.

"그러면 이 상황에 성진 군이 생각하고 있는 건 무엇인가요?"

슬슬 본론을 꺼낼 때군.

"저는 이 기회에 바른손레코드 측에서 자회사를 설립했으면 합니다."

"자회사요?"

"예. 그것도 MP3 파일을 취급하는 회사입니다."

백하윤은 그녀가 쓰고 있는 안경을 고쳐 썼다.

"지금껏 나온 대화로 미루어 짐작할 때, 그건 인터넷이라는 매체를 이용한 것이겠군요."

"그렇습니다."

백하윤은 깊은 생각에 잠겼다.

이쯤 하면 백하윤도 어째서 내가 '한동안 수익을 보장하기 힘든' 사업 아이템을 개선책이랍시고 그녀에게 말한 것인지, 눈치챘을 것이다.

사실, 바른손레코드에서 백하윤의 입지는 미묘하다.

백하윤은 바른손레코드의 공동 창업자로서 현재 대표이사를 역임 중이지만, 그렇다고 모든 실권이 그녀 손아귀에 있는 것은 아니었다.

전생의 역사 속에서 백하윤은 원래 이맘때 직함을 내려놓고 물러나야 했는데, 내가 이런저런 일에 개입한 것 때문인지 백하윤은 전생과 달리 이 시기에도 여전히 대표이사를 역임 중이었다.

전생의 백하윤이 바른손레코드 대표이사직을 내려놓고 은퇴한 것엔 그녀의 의사도 있지만, 여기엔 공동 창립자와 맺은 암묵적 합의도 있었다.

원래 역사에서는 백하윤이 바른손레코드의 대표이사직을 사임한 뒤, 그 빈자리는 공동 창립자의 아들이 차지하게 된다.

아마도 그 작업은 오랜 시간을 걸쳐 이루어졌을 것이고, 회사에는 이미 '대표이사 백하윤'과 '공동 창립자의 파벌' 둘로 나뉘다 못해 공동 창립자를 지지하는 세력이 훨씬 강세였다.

그럼에도 불구하고 바른손레코드 측이 섣불리 백하윤을 내치지 못하는 건, 그녀가 회사의 의사 결정에 영향을 끼치는 대주주라는 것뿐만 아니라, 대한민국 예술계 전반에 퍼져 있는 그녀의 영향력이 대단하기 때문이었다.

백하윤은 대한민국 1세대 예술가로 그 입지가 탄탄했을 뿐만 아니라 후계자를 양성하는 일에도 힘썼다.

그러다 보니 (특히) 클래식 업계에서 백하윤의 이름은 가히 기념비적이라 할 수 있을 정도였고, 지금 이 시대에도 백하윤의 영향을 받지 않은 음악인이란 없다고 말해도 무방할 지경이다.

'당장 국내에서 개최되는 콩쿠르만 하더라도 백하윤의 입김이 닿지 않은 것이 없다고 할 정도니.'

이런 백하윤의 영향력은 그녀의 제자, 제자의 제자들을 통해 대한민국 전반에 퍼지며 작금의 그녀는 대한민국 예술인들의 대모로 취급받는다 해도 과언이 아닐 지경이다.

또, 이는 비단 클래식 업계에만 국한된 이야기는 아니다.

백하윤은 대중음악계에도 그 씨앗이 자랄 수 있도록 토양을 일군 인물이었고, 배고픈 예술가들은 힘든 시절 그녀의 도움을 받았다.

결국 예능계라고 하는 것은 아무래도 사람이 사람을 상대로 하는 일이다 보니 '백하윤을 쫓아내듯' 대표이사직에서 물러나게 한다면, 그게 대한민국에서 최고로 손꼽는 바른손레코드라 할지라도 관계자들의 보는 시선이 곱지 않을 것임은 분명했다.

'과장을 보태 음악인들이 단체로 보이콧이라도 한다면 바른손레코드는 그 길로 이 바닥에서 사라지게 될 테니까.'

그러니 설령 회사 내에 백하윤을 지지하는 세력이 적다 할지라도 그녀를 반대하는 세력은 섣불리 나설 수 없는 환경인 것이었다.

백하윤도 그런 회사 내부 사정을 모르지 않으니 '기회를 봐서' 물러나려 하는 생각일 것이나, 어째서인지는 몰라도 이번 생의 그녀는 사임은커녕 예전보다 훨씬 정력적으로 바른손레코드를 경영하는 중이었다.

'사실, 지금은 박수 칠 때 떠날 시기를 놓치기도 했고.'

지금 백하윤이 바른손레코드 대표이사직에서 물러난다면, 그녀에게 그럴 의사가 없었다고 하더라도 소문이 소문을 만들어 바른손레코드 측이 핍박을 가했단 식으로 받아들여질지 모르니 백하윤 역시도 난처한 상황인 것이다.

그런 와중 나는 백하윤에게 자회사 설립을 권했다.

이는 그녀로 하여금 대표이사직을 내려놓고 '바른손레코드 측이 야심 차게 기획한 자회사'로 자리를 옮길 절호의 기회이기도 했다.

회사 파벌 다툼으로 치면 어느 쪽이나 윈윈인 상황.

마침 내가 '한동안 수익도 보장하기 힘든 일'이며 '장기적 관점으로 바라봐야 할 사업'이라는 밑밥을 던져 뒀으니, 이는 바른손레코드 측에서도 욕심을 내지 않을 아이템인 것이다.

'문제는 정작 백하윤이 전생과 달리 아직도 대표이사직을 사임하지 않는 까닭이 뭔지 모르겠다는 점이야.'

설마하니 나로 인해 대한민국 클래식 업계의 희망을 보았다고 하면 그건 그것대로 자의식과잉인 데다, 내 입장이 어떤지에 대해선 그녀도 마지못해 납득을 한 상황이고.

'그러니 백하윤에게 아름다운 은퇴를 할 기회를 준 지금이야말로 그녀가 물러날 적기인데.'

그것도 어디까지나 내가 분석한 백하윤인 것이지, 본인이 어떤 마음가짐으로 이 자리에 있는지 알지 못하는 이상 나도 상황을 장담할 수 없다.

결국 욕망이라고 하는 것은 사람 머릿수만큼 다른 것이니, 백하윤이 나서서 뭐라고 하지 않는 이상 나로서도 그녀의 바람을 알 길이 없을 것이다.

'차라리 이휘철처럼 이득에 치중된 욕망이라면 이해하기 쉽겠는데 말이야.'

백하윤이 생각에 잠긴 그사이, 내 곁에 앉아 있던 윤아름이 내게 슬쩍 말을 건넸다.

"성진아, 아까 전부터 무슨 이야기야?"

"응? 아, 쉽게 말하면 인터넷상에서 운영되는 회사를 하나 만들자는 이야기지."

"인터넷에서?"

"그래."

윤아름은 고개를 갸웃했다.

"그런 게 가능해?"

"무슨 의미야?"

"아니, 그러니까……. 인터넷에서 물건을 구매한다는 게 가능한 거니?"

윤아름은 아직 온라인상으로 물건을 구매한다는 것을 이해하지 못하는 눈치였다.

"가능하게 될 거야. 우리 모기업의 계열사에서 개발 중인 것도 그중 하나고."

"모기업이면, 삼광 그룹?"

"응. 네트워크 인프라 구축뿐만 아니라 결제 방법도 연구 중이거든. 아마도 한다면 이번엔 신용카드나 통신 요금에서 자동 이체되는 방식으로 하지 않을까 싶은데."

"어렵네."

"아니, 오히려 편의점에서 물건을 골라 사는 것보다 쉬울 거야."

그때 잠자코 있던 백하윤이 끼어들었다.

"그러면 성진 군, 그건 '불법으로' 음원을 구해서 받는 것보다 쉬운 일이 될까요?"

"아, 네."

나는 얼른 백하윤의 말을 받았다.

"물론 그 전에 국민 정서에 '저작권에 위배되는 행동'이 옳지 못하단 인식이 자리 잡아야 할 테긴 하지만요."

일부러 이상론 같은 소리를 한 건 그녀에게 시간이 검증한 내용을 설명할 자신이 없어서였지만, 백하윤은 그건 그것대로 마음에 들어 하는 눈치였다.

"그렇다면 좋아요. 하죠."

백하윤은 흔쾌히 내 제안을 받아들였다.

오히려 너무 흔쾌해서 나도 잠시 당황할 정도였다.

"해 주시겠어요?"

"그렇다기보다는 오히려 '해야만 할 일'이라는 생각이 들어서요. 그렇다고 모든 걸 이해하고 있다는 건 아니지만."

백하윤이 쓴웃음을 지으며 말을 이었다.

"성진 군이 확신에 차서 하는 말이니 저도 거기에 기대를 걸고 있는 거예요."

아무래도 백하윤은 내가 생각한 것 이상으로 나를 각별히 생각해 주는 듯했다.

'고맙기는 한데…… 어째 나에게서 그녀가 갖지 못한 자식이나 손주를 바라보는 것 같다는 느낌마저 드는군.'

내가 알기로 백하윤은 오래 전 한 차례 결혼을 했지만, 슬하에 자식은 태어나지 않았다.

어쩌면 그녀가 대한민국 음악 업계의 대모로 군림할 수 있었던 건, 그녀가 쏟을 수 없었던 모정을 다른 사람에게 대신해 쏟아부었기 때문은 아닐까, 하는 생각을 잠시 떠올렸다가 섣부른 추측마저 예의에 어긋난다는 생각에 나는 잡념을 떨쳤다.

"감사합니다……. 아, 그러면 계약은."

"그건 차근차근 진행하죠."

백하윤이 고개를 저었다.

"일단은 임원 회의 때 성진 군이 말한 안건을 전달하고 과반의 동의를 먼저 얻어야 할 테니까요."

백하윤은 그윽한 눈으로 나를 보았다.

"물론 저도 거기서 성진 군 측에 도움이 될 만한 방향으로 논의를 진행할 거예요."

"감사합니다."

"팔이 안으로 굽어서는 아니에요. 제 생각에 성진 군만큼 이 사안을 깊이 탐구한 사람은 아직 없을 것 같아서 그런 것뿐이지."

음, 이걸 소위 말하는 츤데레라고 하지 않던가?

'이땐 이 와중에도 내가 기고만장해지지 않도록 교육을 한다는 것에 가깝겠지만.'

백하윤이 어조를 바꿔 말했다.

"그러면 공식 반 비공식 반인 이야기는 여기서 마무리하죠. 처음 기대했던 것과는 많이 달라졌지만 이건 이것대로 나쁘지 않고."

나는 백하윤의 말에 내심 안도했다.

"예."

그래서 이걸로 한 건 해결했나, 싶었더니.

"그러면."

백하윤이 자세를 고쳐 앉더니 윤아름을 보았다.

"아름 양은 어떻게 생각해요?"

"네?"

갑자기 백하윤의 지목을 받은 윤아름은 화들짝 놀라 눈을
동그랗게 떴다.

"어, 음, 그러니까 대한민국 음반 사업의 전망을 여쭤보신
건가요?"

"아뇨."

백하윤이 웃었다.

"제 생각이지만…… 성진 군과 방금 나눈 대화 사안은 아
름 양에게도 무관하지 않은 일일 것 같거든요."

웃으며 한 말치고는 핵심을 예리하게 파고드는 이야기였
다.

"네? 아, 으음, 그렇죠. 저도 노래 부른 적 있으니까요. 매
직 캐슬."

그야, 윤아름은 아직 핵심을 파악하지 못한 모양으로 얼떨
떨한 얼굴이지만.

"그게 아니라…… 배우로서 말이에요."

"배우로서요?"

백하윤이 고개를 돌려 나를 보았다.

"성진 군. 성진 군이 말한 이론대로라면 비단 음악뿐만 아니라 영화나 드라마 같은 영상 매체에도 같은 논리가 적용되지 않나요?"

"……그렇게 되겠죠."

"역시."

백하윤은 그럴 줄 알았다는 듯 고개를 끄덕였지만, 용량이 적은 음악 파일과 달리 게임이나 영화 같은 매체가 불법으로 공유되고, 또 그 문제가 해결되는 데에는 좀 더 오랜 시간이 걸린다.

'그게 스트리밍의 시대로 와야 어느 정도 해소 점이 생기지.'

백하윤이 말을 이었다.

"결국 음반 업계뿐만 아니라 지적재산권 및 저작권에 대한 소비자의 전체 인식이 개선되어야 한다는 것은 저도 알 것 같아요. 인터넷에 음악 공유가 가능해진다는 건, 곧 다른 것도 마찬가지가 될 거란 의미니까요."

그제야 윤아름도 백하윤이 한 말의 저의를 읽어 냈는지 진지한 얼굴로 고개를 끄덕였다.

"선생님의 말씀을 듣고 보니…… 그럴 수도 있겠네요."

나야 아직 시기상조라고 생각하는 입장이지만, 백하윤은 '이 일이 터지고 난 뒤에는 늦다'라는 식으로 생각하는 모양이었다.

'신기술에 대한 막연한 불안감이지, 뭐.'

그래서일까, 한동안 가만히 두고 보려는 나와 달리 백하윤은 아예 이 판을 키워 보려는 모양이었다.

"그러면 이왕 이렇게 된 거, 좀 더 본격적으로 나가 보죠. 아름 양, 공익광고에 관심 있어요?"

"……네?"

공익광고라니?

백하윤이 고개를 주억거렸다.

"흐음, 안형욱 씨라면 이미지도 깔끔하니까 괜찮을 것 같은데 말이에요."

"……."

안형욱이라.

'사모가 좋아하는 배우였지, 아마.'

안형욱이라 하면 소위 말하는 국민배우의 반열에 오른 인물로, 깔끔한 이미지와 원숙한 연기력으로 이 시대를 대표하는 중견 배우 중 한 사람이었다.

'한편으론 그런 만큼 작품 고르는 눈이 까다롭고, 이미지 관리에도 신경 쓰는 사람이지.'

그래서 언젠가 사모도(그녀의 팬심을 더해) 올해 2분기부터 방영을 시작해 현 시점에서 성황리에 방송 중인 예능 프로그램 '신장개업'의 제1순위 MC로 섭외를 희망했지만, 안형욱은 전생을 통틀어서도 평생 단 한 번의 예능에도 출연한 적 없는 인물이었기에 내 선에서 곧장 기각한 바 있었다.

'하지만 그런 그도 언젠가 이탈리안 특집 먼나라 이웃사촌에 1회성 MC로 기용된 바 있으니, 소문만큼 까다롭지는 않을지도 몰라.'

그때는 통통 프로덕션의 박일춘이 인맥을 발휘해 캐스팅이 성사되긴 했지만.

'그래도 이건 그거랑 다르지……. 그때 안형욱이 나와 준 것도 준 시사교양 프로그램이었으니 가능한 거였고, 그 바닥에서 영향력을 발휘하는 박일춘이 나서 주니 가능했던 일이야.'

더군다나.

'그렇다고 지금 당장 윤아름이랑 뭘 해 보라고 하면 할 수 있을 만한 수준인가?'

아니나 다를까, 백하윤의 말에 가장 놀란 건 당사자인 윤아름이었다.

"네? 안형욱 선생님이랑 저랑요?"

윤아름은 당황하며 손사래를 쳤다.

"아뇨, 아뇨, 그, 저도 선생님께서 말씀하신 취지는 공감하고 있지만 아무리 그래도 제가 어찌 감히…….”

백하윤이 빙긋 웃었다.

“부담스럽나요?”

“그…… 솔직히 말씀드리면 많이 부담돼요.”

서열 정리가 확실한 연예계여서 그런 것일까, 매사 자신만
만한 윤아름답지 않은 모습이었다.

“게다가 저, 안형욱 선생님이랑은 작품을 해 보기는커녕
한 번도 뵌 적이 없는걸요.”

안형욱은 세간에 알려진 ‘신사적인 이미지’와 별개로, 신비
주의적 노선을 걷는 인물이었다.

그는 다른 배우 및 관계자와 사적으로 어울리지 않는단 이
야기가 돌았고, 그래서인지 작품이 끝나면 그대로 연락이 두
절되기 일쑤였다.

그러니 안형욱을 캐스팅하려면 일단 그와 몇십 년을 함께
해 온 매니저부터 먼저 만나 봐야 한다는 이야기마저 있을
정도였다.

그 깨끗한 사생활이라는 것도 어쩌면 단순히 외부에 노출
된 정보가 부족하단 것 때문일지도 모른다.

백하윤이 빙긋 웃었다.

“누군들 처음부터 잘 알고 시작하는 건 아니잖아요?”

“그렇기는 하지만요…….”

윤아름은 도움을 요청하듯 나를 힐끗 쳐다보았고, 나는 거

기서 구원투수를 자청했다.

"제 생각도 그렇습니다. 아직은 시기상조라고 생각해요."

내 말에 윤아름은 안도감 반 서운함 반이 뒤섞인 얼굴로 고개를 끄덕였다.

"저도 성진이 생각에 동의해요."

"아니. 내가 말하는 건, 아직 공익광고를 할 시기가 아니라는 의미야."

내 말에 윤아름은 고개를 갸우뚱했고, 백하윤은 내가 그럴 줄 알았다는 듯 내 말을 받았다.

"저도 알고 있어요. 아직 저작물의 불법 공유에 경각심을 갖기엔 시기상조죠."

백하윤이 말을 이었다.

"그래서 저는 이번 기회에 아름 양과 형욱 씨 사이에 미리 콤비를 만들어 두잔 의미였어요."

"콤비요?"

"네. 그리고 각 세대를 대표하는 이미지로 아름 양과 형욱 씨는 잘 맞을 거 같단 생각도 들고요."

그런 의미라면.

'입 밖에 내지는 않았지만 백하윤도 여기서 더 영향력을 잃어 가기 전에 미리 준비할 수 있는 건 준비해 두잔 의미겠지.'

다만, 그전에 나는 백하윤이 안형욱을 아무렇지 않게 '형욱 씨'하고 부르는 것에 주목했다.

"선생님께선 안형욱 씨랑 친분이 있으신가 봐요."

"그럼요."

백하윤은 태연한 어조로 내 말을 긍정했다.

"형욱 씨와는 이런저런 일로 알고 지내는 사이거든요."

윤아름은 백하윤의 말을 들으며 멍한 얼굴이었지만, 다른 사람은 몰라도 백하윤이 그렇다고 하니 그게 허세로 보이지 않는다.

'분야는 달라도 각 계통의 최고 권위자끼리는 서로 통하는 게 있는 모양이군.'

또, 백하윤이 클래식계의 대모라고는 하지만 그녀는 현재 예능계 전반에 걸쳐 은근한 영향력을 행사하고 있는 인물이니까.

'개인적으론 그런 인맥이 있었다면 제자인 사모에게 안형욱 사인이나 좀 받아 주지, 싶지만.'

백하윤이 말을 이었다.

"그리고 공익 광고로 낼 만한 사안은 얼마든지 산재해 있어요. 청소년 가출 문제, 과소비, 장난 전화, 불장난, 길거리 흡연 등등…… 이 기회에 대중 사이에 대외적으로 아름 양의 공익적 이미지를 만들어 두면 나중에 벌일 캠페인에도 효과가 있을 거라고 보는데."

백하윤이 빙긋 웃었다.

"저도 성진 군처럼 장기적인 관점에서 사안을 바라본 거예요."

백하윤은 내게 어떠냐는 식으로 의기양양하게 물어보았지만, 이땐 정작 당사자인 윤아름을 간과할 수 없는 상황이다.

"······."

윤아름에겐 커리어적으로 두 번 다시 찾아오기 힘든 좋은 기회였으나, 애석하게도 윤아름은 현재 슬럼프 아닌 슬럼프 중이었다.

백하윤이나 나처럼 세월의 풍파를 길게 잡고 보는 부류는 윤아름의 슬럼프를 '짧은 휴식기'정도로 받아들일 수 있지만, 아직 꼬맹이에 불과한 윤아름으로선 경험적으로나 상대적으로 겪어 온 시간상으로나 자신에게 찾아온 슬럼프를 가장 진지하게 생각하고 있을 것이다.

"조금······ 생각해 볼게요."

윤아름은 간신히 그 말만을 뱉었고, 그제야 백하윤은 윤아름이 평소와 조금 다르다는 걸 눈치챈 듯했다.

그래도 백하윤은 그간 예술인의 슬럼프를 숱하게 봐 온 덕분인지, 일반적인 노땅들처럼 막연한 정신론으로 무장한 일침을 가하는 대신 부드러운 미소로 윤아름을 보았다.

"저도 당장 어떻게 해 보자는 의미는 아니니까 너무 깊게 받아들이지는 마세요."

"네, 선생님."

그러면서 백하윤은 슬쩍 내게 눈짓으로 '이 문제로 아름 양을 제게 데려왔나요?' 하고 물었지만, 나는 빙긋 미소로만 답했다.

백하윤은 하는 수 없다는 듯 그 시선을 다시 윤아름에게 향했다.

"그러고 보니, 아까 제가 아름 양에게 할 이야기가 있다고 했죠."

윤아름은 얼른 자세를 바로하며 대답했다.

"아, 네. 선생님."

"실은 KBC 쪽에서 아름 양 이야기가 나온 게 있어서요."

KBC에서?

마침 여기 오기 전 윤아름의 당초 목적지이기도 해서, 나는 그게 백하윤이 하려는 이야기와 관련이 있는 건 아닐까 하고 생각했다.

백하윤이 말을 이었다.

"이번에 KBC에서 꽤나 예산을 쏟아서 시대극 드라마를 한 편 찍을 예정이라나 봐요. 그러니까 제목이 '첫사랑'이었나."

나는 백하윤의 이야기를 들으며 '올 것이 왔다'는 생각을 했다.

'이 시대엔 공전절후의 히트를 친 작품이지.'

1996년 방영된 KBC 드라마 첫사랑은 대한민국 60~70년대를 배경으로 하며 당시 최고 시청률을 자랑, 그 시절 온 국민을 안방에 끌어모은 작품이었다.

캐스팅도 대단해서 당대에 알아주는 청춘스타들을 뽑았을 뿐만 아니라, 단역으로 나왔던 이들도 나중엔 은막의 스타가 되기도 하는 등, 내 기준에서는 이만한 사람들은 두 번 다시 한자리에 모으기 힘들 거란 생각이 들 정도다.

뿐만 아니라 거기서 서브 주인공으로 이름을 알리기 시작한 박용준은 훗날 일본의 한류 스타로 자리매김하며 '욘사마'가 된다.

'전생의 기억에 의하면 드라마 자체는 결말에 가선 흐지부지 용두사미처럼 끝난 감은 있지만, 방영 중에는 인기가 굉장했어.'

개인적으로 이 드라마가 사람들 사이에서 두고두고 회자되지 않는 까닭은 그 싱거운 결말 때문인 거 같긴 하다.

하지만 어쨌건, 어렴풋하게나마 드라마에 대규모 자본이 투입될 예정이라는 걸 알고 있는 백하윤과 달리, 사정을 모르는 윤아름은 백하윤의 말을 가볍게 받았다.

"아무래도 제가 광고했던 로제 초콜릿 캐치프레이즈랑 같아서 그런가 봐요."

"아, '첫사랑처럼 달콤한 맛'이었댔나?"

"네, 맞아요."

"아무튼 그래서인지는 몰라도…… 여주인공 과거 장면에 아름 양을 캐스팅해 보면 어떨까 하는 이야기가 나왔거든요."

윤아름이 눈을 동그랗게 떴다.

"저를요?"

"그래요. 아름 양은 배우로서 연기력도 검증되었고, 이미지 적으로도 훌륭하니까. 어때요, 여고생 역할이기는 한데…… 지금 아름 양이라면 충분히 소화해 낼 수 있지 않아요?"

확실히, 아직 중학생이긴 하지만 윤아름이라면 여고생 역할도 충분히 해낼 것이다.

다만 이 부분은 내가 기억하던 전생과 달랐다.

'전생의 이맘때 윤아름은 이런 역할의 물망에조차 오르지 않았을 테니까.'

전생 기준, 윤아름이 본격적으로 주목받기 시작한 건 그녀가 성인이 되고부터니 한참 뒤의 일이고.

어쨌건 내 기억에 의하면 '첫사랑'은 극중 여주인공 역할을 맡은 배우가 고등학생 시절과 성인 시절 모두를 연기했던 것이다.

그런데 지금 전생에 없던 배역이 생겨나, 윤아름에게 제안이 오고 있다니.

'당시 소문으로 돌던 내용이 사실이었나?'

근미래인의 관점에서 하는 이야기지만, 드라마 첫사랑은 꽤 공사다망하게 제작되었단 후일담을 들은 기억이 있다.

그중 하나가 당시 여주인공으로 캐스팅되었던 김승연이란 배우 때문에 불거진 일들이었는데, 근미래 기준에선 어디에서도 불러 주지 않는 한물간 배우 취급을 받으며 잊혀 갔지만 당시엔 KBC가 큰맘 먹고 제작한 드라마의 여주인공으로 캐스팅되었던 만큼 이 시대 청춘 여배우의 아이콘이기도 한 인물이었다.

배우 김승연은 대중에게 보이는 도회적이며 청순한 이미지와 달리 실은 꽤 막 나가는 성격이라고 들었다.

촬영장에 늦는 건 예삿일인 데다, 소속사에서 음주 운전을 무마한 것도 한두 번이 아니었다고.

특히 촬영장 지각 문제는 현장에 대선배들이 있건 말건 매한가지여서, 현장의 스태프들은 김승연과 다른 배우들 사이의 관계를 중재하느라 진땀을 뺀다는 이야기가 익명을 빌어 뒤늦게 폭로되기도 했다.

그럼에도 김승연은 뛰어난 연기 실력과 대외적 이미지 하나만으로도 이 시기 온갖 캐스팅의 물망에 오를 정도였고, 특히 드라마 '첫사랑'이 공전절후의 히트를 치고 난 뒤에는 그 몸값이 천정부지로 치솟았다.

여담이지만 그 천정부지로 치솟은 몸값 탓에 대중 사이에서 멀어졌으니, 그건 그것대로 아이러니한 일이다.

'그 외에 이런저런 불미스런 뒷소문도 있지만…… 그것만큼은 검증되지 않은 정보니 말을 아껴야겠지.'

사실, 김승연이란 배우에 대해선 이번 생에도 내 알 바는 아니었다.

아닌 말로 미모가 강점인 여배우는 배우로서 수명이 짧고,

김승연도 이 시기에는 눈여겨볼 만한 여배우일 뿐이지 내가 관심을 기울이는 시기엔 최정상에서 내려온 몸이 된다.

하물며 오히려 윤아름은 앞으로도 성장할 날이 무궁무진한 데다가 그녀는 나중에도 나이에 맞는 연기를 펼쳐 보였다.

'그래서 남배우면 모를까, 여배우는 크게 주목하지 않는 거고.'

정확히는 그럴 만한 기회나 계기가 좀처럼 찾아오지 않는 다는 점이지만.

'개인적으로 한류스타 박용준은 미리 잡아 보고 싶긴 한 데…… 쉽지 않겠지. 음.'

아무튼 윤아름에게 이번 캐스팅은 기회이기도 했다.

드라마가 성공하는 건 보장된 일이고, 윤아름도 이 일을 계기로 또 한 번 성장할 계기를 마련할 수 있게 되리라.

'다만…… 뭔가가 걸린단 말이야.'

단순하게만 생각하면 윤아름이 전생과 달리 이 시기에도 주목할 만한 커리어를 착실하게 쌓아 올린 결과라 받아들일 수도 있겠지만, 그렇게만 보기엔 눈앞의 먹이가 너무 달콤 하다.

'그래서인지는 몰라도 백하윤도 이 기쁜(?)소식을 전하는 와중에 표정이 그리 밝지만은 않고.'

문득, 생각났다.

'혹시 앞서 안형욱을 언급했던 거랑 무관하지 않은 이야기

인가?'

하긴, 김승연에 대한 소문 중엔 그런 터무니없는 종류의
것도 있었으니까.

나도 전생에 들은 지라시지만, 젊다면 젊은 배우인 김승연
이 현장에서 안하무인으로 나올 수 있었던 이유는 국민배우
안형욱이 뒤를 봐주고 있기 때문이라는 소문이 있었다.

물론 이는 금세 사그라진 소문으로, 더군다나 안형욱이라
함은 온 국민이 사랑해 마지않는 신사 이미지가 확고했으므
로 그런 소문이 조금이라도 돌라 치면 들은 사람이 버럭 화
를 내는 바람에 해당 소문은 세상에 나오는 일 없이 묻히고
말았다.

'심지어 안형욱의 결혼 생활은 누구처럼 소문난 잉꼬부부
는 아니지만, 그답게 별다른 일 없이 음전하기로 유명하고.'

게다가 김승연과 안형욱은 작품을 함께 한 적도 소속사도
다르니 이는 말 그대로 '터무니없는 소문'에 불과한 이야기인
것이었다.

하지만 아니 뗀 굴뚝에 연기 날까.

소문도 소문 나름이지, 누가 들어도 괴이한 근거 없는 소
문이 돌았다면 정말 '아무런 일도 없'는 것은 아닌 것일 터.

나는 안형욱과 개인적인 친분이 있는 백하윤이 뭔가 알고
있는 건 아닐까 하는 생각마저 하면서 가만히 윤아름과 백하

윤 사이에 오가는 대화를 들었다.

"안 그래도 마침 KBC 방송국 최 감독님이 저를 보자고 하셨는데, 선생님께서 말씀하신 것과 무관하지 않은 건가요?"

윤아름의 말에 백하윤이 웃었다.

"아, 최 감독. 맞아요. 아마 그 일이겠군요. 이거, 제가 먼저 말하는 바람에 김이 식어 버린 건 아닐지 모르겠어요."

윤아름도 대놓고 내색하지는 않았지만 백하윤의 말을 들은 그녀는 당황한 기색이 역력했다.

"아니에요. 그보다…… 그렇다고 말씀하시니 개인적으로 조금 갑작스럽단 생각은 들어서요."

역시 윤아름은 머리가 꽤 잘 돌아간다.

'윤아름도 나름 배우 짬이 되다 보니 이 캐스팅에 숨은 함정을 알아챈 모양이군.'

윤아름이 에둘러 지적한 대로, 드라마는 이미 캐스팅이니 뭐니 다 끝난 상황에서 갑작스레 윤아름을 여주인공의 과거 아역 배우로 기용하려 하는 것이다.

'사전 제작'이라는 말이 생소한 모험으로 들리는 이 시대의 드라마 제작 시스템은 곧 시간과의 싸움이었다.

그러다 보니 예정된 일정에 빠듯하게 맞춰 가기 위해선 가능한 한 사전에 모든 조율을 마쳐 두어야 그나마 펑크가 나질 않는다.

이런 상황에 지금 윤아름을 캐스팅한다는 건 드라마 제작이 시작부터 난항을 겪고 있다는 것으로 해석할 수 있는 일이고, 제아무리 KBC가 야심차게 기획한 드라마라 할지라도 시작부터 이런 지경이면 윤아름 입장에서도 저어되는 입장일 터.

'게다가 드라마 촬영 중에는 다른 스케줄을 잡는 것이 사실상 불가능해지니까.'

뭐, 이번에는 윤아름을 여주인공의 아역으로 캐스팅하려는 것이니 스케줄 조정 측면에선 비교적 자유롭긴 하지만, 지금은 그것도 장담할 수 없는 상황이다.

전생의 경험을 비쳐 볼 때 이번 KBC 드라마는 성공이 보장된 드라마이니, 나로서는 윤아름의 등을 적극적으로 밀어주고 싶었지만 지금 같은 상황이라면 나도 조금 주저하게 된다.

'하물며 전생에 없던 배역이 생겨났다? 그건 이번 생의 윤아름 커리어가 화려해졌기 때문만은 아니야.'

나는 거기서 어쩌면 이 상황이 배우와 감독 사이에 오가는 '기 싸움'의 일환은 아닌가, 하고 생각하는 중이었다.

'윤아름은 아직 모르고 있지만 심지어 상대는 김승연이지. 이거 괜히 끼어들었다가 새우 등 터지는 꼴이 되는 건 아닐지 모르겠군.'

둘의 대화에 나온 '최 감독'이라는 PD의 성향이 어떤지는 잘 모르겠지만 듣자 하니 이름만 들어도 알 법한 드라마 감독인 모양이고, 그런 사람이라면 초장부터 기 싸움에 밀리면 나중이 힘들어진다는 것도 알고 있을 터.

하지만 이러다가 덜컥 감독이 김승현을 하차시키고 윤아름을 여주인공으로 발탁해 버린다면, 그건 내 입장에서도, 윤아름의 커리어 측면에서도 별로 좋은 일은 아니다.

'어쨌건 아직 아역은 아역이야. 절대 성인을 대체할 수는 없지.'

이 상황에 위화감을 느낀 윤아름이 슬며시 입을 뗐다.

"선생님, 그러면 혹시 제게 제안이 온 배역의 성인 역은 누가 맡는지 알고 계세요?"

백하윤은 움찔했다가 (간신히)미소를 지었다.

"김승연 씨라고 들었어요."

"……음."

김승연이 언급되자 윤아름의 표정이 딱딱하게 굳었다.

아역 배우로 커리어를 쌓아 올려 온 윤아름도 이 바닥에서 나름 '선배' 대우를 받고 있지만, 김승연 역시도 아역 배우 출신이다.

더군다나 SBY라고 하는 아이돌 그룹을 성공적으로 런칭했다고는 하나, 배우라고는 윤아름 한 사람만 있는 소속사로서 SJ엔터테인먼트는 이 바닥에서 배우 관리로 잔뼈가 굵은 김승연의 소속사에 비하면 역사로 보나 실적으로 보나 까놓고 말해 약소하다고 할 수준.

물론, 지금 윤아름이라면 김승연과 한판 붙어도 지지는 않을 거라고 생각은 하고 있다.

여담이지만 배우들 사이에는 묘한 불문율이 있는데, 그건 드라마를 찍는 배우보다 영화를 찍는 배우를 위로 쳐준다는 것이다.

그런 인식은 배우들 사이에만 있는 것은 아니어서, 영화를 찍던 배우가 드라마에 캐스팅되면 그 자체가 'A, 오랜만에 안방극장 복귀'라고 하는 식의 훌륭한 가십거리로 포장된다.

하물며 윤아름은 방준호 감독이 제작한 〈우리들 이야기〉의 주연으로 평단의 호평을 이끌어 낸 '영화배우'이니, 배우로서 윤아름은 아역 배우라는 디메리트를 감안하더라도 어디 가서 주눅 들 위치는 아닌 것이다.

하지만 '지지 않는다' 뿐이지, 여기서 김승연 및 김승연의 소속사와 싸워 피로스의 승리를 거둬 봐야 서로에게 이득이라곤 없는 전개가 된다.

'자칫하다간 한동안 윤아름이 드라마 판에는 발붙이기 힘든 상황이 될지도 모르고.'

예능계란 인맥 위주로 흘러가는 바닥이니 인맥도 자산이다.

그러니 괜히 뼈대 있는 소속사와 맞붙어 세 번 들어올 캐스팅을 한 번 오는 것으로 줄여 봐야 나나 회사나 윤아름에게나 득 될 일이라고는 없다.

'어쨌건 윤아름을 KBC 방송국에 곧바로 내려 주지 않고 바

른손레코드를 들렀던 건 좋은 판단이었던 셈이군.'

이번 문제를 윤아름 혼자 결정하게 내버려 뒀다간 저쪽의 원숙한 캐스팅 담당자들이 어떻게든 구워삶아 순진한(?) 윤아름을 이 시시한 알력 다툼에 끌어넣었을 테니까.

'게다가 이 일은 백하윤이 먼저 말을 꺼냈으니…… 이 기회에 백하윤의 영향력을 좀 써먹어 줘야겠군.'

아마 백하윤도 그걸 감안하고 있겠지만.

'뭐, 마냥 백하윤에게 빚지는 장사도 아니야. 나도 백하윤에게 건넬 거래(?)품목이 있는 마당이기도 하니.'

말이 나왔으니, 나는 이쯤해서 끼어들기로 했다.

나는 일부러 손목시계를 한번 들여다본 뒤 입을 뗐다.

"그러면 슬슬 움직여 볼까요?"

내가 입을 열자 이 일을 조금 더 신중하게 취급하고 싶어하는 윤아름은 둘째 치고 백하윤은 고개를 끄덕이더니 은근슬쩍 나에 대한 서운함을 끼워 내 말을 받았다.

"그렇군요. 성진 군은 바쁜 몸이니까."

"죄송해요. 미리 약속 잡아 둔 게 있어서."

"어머, 제가 뭐라고 했나요? 신경 쓰지 마세요."

아, 예. 그러시겠죠.

"그래도 이런 일엔 역시 매니저의 도움이 필요할 거 같은데. 아름이 매니저를 부르죠."

내 말에 윤아름이 고개를 갸웃했다.

"매니저? 구했어?"

"아니."

나는 빙긋 웃으며 윤아름의 말을 받았다.

"네 원래 매니저 있잖아."

"아."

윤아름은 내 새삼스러운 지적에 고개를 끄덕였고, 백하윤도 마주 고개를 끄덕였다.

"마동철 씨 말씀이군요. 오랜만에 보겠어요."

지금은 SJ엔터테인먼트 전무로 활약 중이지만, 원래 그는 윤아름의 매니저이기도 했다.

'그리고 그 마동철을 내게 소개해 준 인물이 백하윤이기도 하고.'

3장

나는 백하윤을 내 차에 태워 가기로 했다.

강이찬과 가벼운 인사를 주고받은 백하윤이 나를 보며 쓴
웃음을 지었다.

"제 차로 가도 되는데."

"아뇨, 선생님께는 이번 일 다음에 따로 부탁드릴 일이 있
거든요."

"제게요? 성진 군이?"

조수석에 앉은 윤아름이 벨트를 맸고, 나는 백하윤과 뒷좌
석에 올라탔다.

"네, 실은."

KBC로 가는 동안, 나는 백하윤에게 채한열이 부탁했던 내

용을 들려주었다.

"어리고 재능 있는 바이올리니스트라."

백하윤은 혼잣말을 중얼거린 뒤 내게 물었다.

"채한열 씨라고 했죠?"

외교부에 부탁하는 것은 딱히 문제 삼지 않는 걸 보니, 백하윤에게 그 정도 빽을 쓰는 건 어렵지 않은 일인가 보다, 생각하며 나는 백하윤의 말을 받았다.

"예. 그러니까 CBS 방송국의……."

"알아요. 저도 그분과는 인사를 주고받은 적이 있거든요. 하지만."

백하윤이 쓴웃음을 지었다.

"저도 그분이 남달리 클래식에 조예가 있었단 이야기는 듣지 못한 거 같은데."

예상했던 대로 백하윤은 내 말을 다소 회의적으로 받았다.

재능 있는 신인을 발굴하는 건 어렵다.

소위 말해 재능이라고 하는 것은 '조숙함'과 헷갈릴 여지도 있었던 데다, 이러한 착각은 클래식을 비롯한 예술 계통 전반에 만연한 이야기이기도 했다.

남들보다 일찍 시작한 꼬마가, 거기에 더해 어느 정도 철이 빨리 들었다면 더더욱.

괜히 '재능 있는 한 줌의 사람'이라는 관용구적 표현이 존재하겠는가.

어릴 때 발굴한 대부분의 '천재'는 이처럼 단지 조숙할 뿐인 경우가 많았고, 그런 천재란 시대를 통틀어 손에 꼽힐 정도로 소수에 불과하다.

하물며 자신에게 어떤 재능이 있는지 깨닫는 것부터가 행운인 만큼, 누군가를 '천재'라고 부르려면 그 판단에 운과 신중함을 겸비해야 할 것이다.

'그래서 이휘철이나 이태석도 나를 섣불리 천재라 재단하지 않는 거고.'

뭐, 나 스스로를 천재라 생각한 적은 없는 데다가 내가 사람들에게 발휘해 보이는 '경영적 자질'이란 것도 결국 미래가 어떻게 흘러갈지 알고 있는 아저씨니까 할 수 있는 수준에 불과하다.

'이것도 능력이라면 능력이기는 하겠지만, 천재와는 거리가 멀지.'

당장 나만 하더라도 조금만 미래가 틀어지면 바뀐 상황에 대처하느라 안간힘을 쏟아야 하는 처지이니 내 밑천은 미래가 가까워 올수록, 그리고 미래가 내가 아는 것과 달라질수록 바닥을 드러낼 것이 분명했다.

'그래서 재능 있는 인재를 끌어모으는 중이지만, 그것도 마냥 쉽지 않고.'

그러니 정작 백하윤에게 채한열의 부탁을 전달 중인 나 역시 채한열이 말한 꼬마가 그런 경우일 거라고는 생각 중이었다.

　게다가 백하윤은 그녀 스스로가 재능 넘치는 바이올리니스트인 데다 나라는 '천재 바이올리니스트'의 존재를 직접 목도했으니만큼 그 기준이 남들보다 더 까다로울 터.

　'하지만 단순히 조숙할 뿐이어도 그 자체 역시 남들보다 앞서가는 요인이 되니 그것만으로도 충분하지.'

　그렇다고 내가 여기서 본심을 드러내 백하윤의 입장에 동조하는 것도 우스운 일이니, 나는 채한열의 안목에 손을 들어 주었다.

　"달리 말하면 일반적인 수준의 교양을 갖춘 사람도 알아볼 만큼 대단한 거라고도 볼 수 있지 않을까요?"

　"그랬으면 좋겠지만……."

　백하윤은 마지못해 내 말을 받았다.

　"그래요, 어쨌건 CBS에 비디오가 있다고 하니, 그걸 보고 나서 판단해도 늦지 않겠죠."

　예, 미국에 있는 채한열의 수면 시간은 그만큼 줄어들겠지만요.

　나는 속으로 중얼거리며 뒷좌석에 등을 기댔다.

　KBC 방송국에 도착한 우리(이번엔 백하윤의 권유로 강이찬도 동행 중이다)는 윤아름의 뒤를 따라 안쪽으로 들어갔다.

　그런데 정작 강이찬에게 동행을 권한 백하윤은 '인사 좀 하고 올게요.' 하면서 도중에 우리 일행에서 빠져나가 버렸다.

'일부러 자리를 비켜 준 거겠지.'

하긴, 캐스팅을 논하는 자리에 입김 센 백하윤이 끼어 있다면 그건 그것대로 외부에 안 좋게 비칠 여지도 있고.

'흠, 그 뒤는 나나 윤아름에게 맡긴다는 건가⋯⋯.'

어차피 벌어질 일, 속는 셈치고 내버려 두고는 있지만 아직도 백하윤이 무슨 꿍꿍이속인지 잘 모르겠다.

'그나저나 처음 온 사람은 헤매기 딱 좋은 구조군.'

방송국 안에 들어와 본 게 이번이 처음은 아니었지만, 그때는 시대도 달랐고 입장도 달랐다.

'그래도 내가 알던 미래의 모습과 큰 차이가 없는 걸로 봐서 방송국이라는 곳도 꽤 보수적인 모양이야.'

촌놈처럼 주위를 두리번거리는 내가 꽤 볼만했는지, 윤아름이 나를 돌아보며 살짝 웃었다.

"왜, 기대랑 다르니?"

무어라 말하지도 않았는데 먼저 그런 식으로 물은 걸 보면 윤아름 본인은 처음 방송국 안쪽에 들어왔을 때 기대와 달라 부쩍 실망한 모양이었다.

'기대는 무슨. 사람 사는 곳이 다 그렇지 뭐.'

방송국 복도는 이 공간만 잘라 두고 보면 어디에나 있는 평범한 오피스 복도라고 말해도 무방할 만큼 평이했다.

평범한 오피스와 다른 점이라면, 쓸데없이 복잡하고 미로 같다는 것이 다르다면 다를 뿐.

편성에 따라 부서 이동이며 이합집산이 잦은 방송국 인사 시스템 특성상 구조에는 이렇다 할 통일성 없이 중구난방이기 일쑤라고, 나는 전생의 누군가에게 들은 기억을 떠올렸다.

'게다가 나는 이 바닥에 일반적인 환상 같은 건 품고 있지도 않았고.'

하지만 나는 속내와 달리 윤아름의 말에 맞장구를 쳐 주었다.

"뭐…… 조금은. 개인적으로는 좀 더 화려할 줄 알았는데."

"그치? 그래도 스튜디오 뒤편의 이런 곳이야말로 방송국의 핵심이니까."

윤아름은 마치 견학 안내를 하는 안내원처럼 재잘재잘 말을 쏟아 냈다.

"보통 이런 기회는 잘 없으니까, 성진이 너도 잘 봐 둬."

응, 추후 사무실 확장의 반면교사로 삼을게.

윤아름은 강이찬에게도 말을 붙였다.

"오빠도 그래요?"

"저 말입니까?"

오래 전부터 거기 있던 장식품처럼 존재감을 지워 가며 내 곁에 붙어 있던 강이찬은 윤아름이 말을 걸어오자 살짝 당황한 기색이었다.

"네. 아, 그리고 말씀 놓으세요."

"……그래."

"그래서 어때요?"

그 말에 강이찬은 새삼스럽다는 듯 주위를 둘러보곤 대답했다.

"구조가 다소 복잡하지만 최소한 오는 길은 다 외웠다."

"……아, 네."

윤아름은 그게 감상인가, 하는 얼굴을 했다가 멋쩍은 듯 웃었다.

"지금도 임시 사무실이니까 또 언제 사무실 위치를 옮기게 될지는 모르지만요. 그래도 본격적으로 크랭크인하고 나면 좀 더 찾기 쉬운 장소로 옮길 거예요. 아, 다 왔어요."

그러던 윤아름은 복도를 따라 쭉 늘어선 방 중 어느 문 앞에 멈춰 서더니 노크를 했다.

"SJ엔터테인먼트 윤아름입니다."

안쪽에서 목소리가 들렸다.

"들어와."

"실례하겠습니다."

달각, 문을 열고 들어섰더니 대기실 같기도, 이사를 아직 마치지 않은 사무실 같기도 한 공간에 고집 세 보이는 중년의 남자가 형식적으로 갖춰 둔 탁자 앞에 앉아 있었다.

그리고 남자의 대각선에는 실내인 데도 선글라스를 낀 여성.

'……설마, 김승연?'

선글라스로 가린 얼굴 윤곽을 뜯어 보니 김승연이 확실했다.

또한 선글라스를 끼고 있음에도 김승연에게선 한 시대를 풍미하는 배우가 두르는 아우라가 숨길 생각도 없다는 양 물씬 풍겨 나오고 있었다.

솔직히, 나는 김승연을 만나 보기 전까지 그녀에 대해 이렇다 할 생각이 없었다.

내가 그녀에 대해 갖고 있는 인상이란 어디까지나 '시대를 잘 타고나서' '운 좋게 한 자리를 꿰찬' '그 시절에 있었던 예쁘장한 배우' 정도의 감상뿐이었다.

하지만 사진이나 필름이라고 하는 매체를 한 풀 벗겨 실체를 마주하고 나니, 그녀는 대체가 불가능할 정도의 타고난 배우감이란 생각이 찌르르 척수를 타고 흐를 정도였다.

그녀는 마치 거장이 빚어낸 예술품처럼 보는 사람으로 하여금 직관적인 미(美)를 과시했는데, 내가 만나 본 배우 중 이 정도 존재감을 과시하는 인물이라곤 국내에 손꼽을 연기파 몇몇과 전성기를 맞이한 미래의 윤아름 정도뿐.

'인물은 인물이군.'

한편으론 그런 그녀가 한 시대를 반짝하고 역사의 뒤안길로 사라졌다니, 대체 현장에선 얼마나 제멋대로였던 거냐고 따져 묻고 싶을 지경이다.

'그나저나…… 김승연이 여긴 왜?'

이 자리에 있을 리 없다고 생각한 김승연의 존재에 당황하기는 윤아름도 마찬가지로 보였다.

'……나랑은 다르게 김승연의 예기치 못한 아우라에 놀란 것 같지는 않지만.'

그건 강이찬도 마찬가지로, 김승연의 존재감을 느낀 건 이 자리에 오직 나뿐인 것만 같았다.

'생각해 보니 이휘철을 상대로도 그랬지. 한성진이나 한성아는 내가 느꼈던 이휘철의 존재감을 느끼지 못한 것처럼 굴었어.'

비록 1~2초가량의 짧은 시간에 불과했지만 윤아름은 인사도 잊은 채 멀뚱히 서 있었고, 그 틈을 타 예의 고집 세 보이는 남자가 쓴웃음을 지으며 입을 뗐다.

"왔으면 앉지 그래. 그나저나 그쪽은……."

그 바람에 나는 생각하던 걸 멈췄다.

나는 윤아름이 무어라 말하기 전에 먼저 대답했다.

"안녕하세요. 아름이 친구인 이성진이라고 합니다."

친구?

윤아름은 나에게만 보일 정도로 미세하게 한쪽 눈썹을 씰룩였지만 윤아름도 나름대로 이 자리에서 굳이 내가 누구라는 걸 제대로 밝히지 않는 이유가 있으리라 생각했는지 그 이상 군말은 하지 않았다.

'친구란 말도 거짓말은 아니고.'

그때 김승연이 선글라스를 슬쩍 내리며 나를 보았다.

"친구?"

서로 인사도 하기 전 다짜고짜 나온 그녀의 첫마디였다.

"네."

"흐음……. 그렇단 말이지."

김승연은 선글라스를 벗어 블라우스 사이에 끼우곤 감독을 보았다.

"그러면 최 감독님도 저 아이는 모른단 거죠?"

아, 저 사람이 이번 드라마 감독인가.

'혹시 그렇지 않을까 했지만, 감독까지 나와 있을 정도라니 윤아름 혼자만 내보냈으면 큰일 날 뻔했군.'

그는 떨떠름해하며 김승연의 말을 받았다.

"모르고 자시고, 아예 초면이야. 엄밀히 말하면 윤아름도 오늘이 초면이고."

"진짜로?"

"내가 승연 씨한테 왜 거짓말을 하겠어."

이 바닥에서 경륜이 쌓였을 터인 데다가 고집 세 보이는 얼굴과 달리, 감독조차 김승연에겐 한 수 접고 들어가는 것처럼 보였다.

"……흐응."

김승연은 의미심장한 얼굴로 고개를 끄덕이더니 윤아름을 보았다.

"근데 너, 선배한테 인사는 안 하니?"

"아, 죄송합니다."

윤아름이 얼른 허리를 숙였다.

"처음 뵙겠습니다. 윤아름이라고 해요."

"알아. 그나저나 인사도 늦고 오는 것도 늦네."

심드렁하게 윤아름의 말을 받는 김승연을 보니, 듣던 대로 한 성질 하겠구나 싶었다.

사실 윤아름으로서는 억울할 것이, 감독은 윤아름에게 '언제까지 와라'고 했지, '언제 와라'고는 하지 않았다.

"게다가 이런 자리에 '친구'도 데려오고. 그러면 그쪽의 오빠는 매니저?"

이번에도 윤아름과 강이찬이 무어라 대답하기 전에 내가 먼저 끼어들었다.

"비슷해요."

김승연은 요놈 봐라, 하는 얼굴로 나를 보았다.

"그러면 그런 거고 아니면 아닌 거지, 비슷한 건 뭐니?"

"운전수거든요."

"……그렇다면 그렇기도 하네."

김승연은 픽 웃곤 말을 이었다.

"이성진이랬지?"

"네."

이어서 김승연은 벽에 기대 놓은 접이식 의자를 보았다.

"네가 제일 막내니까 의자 세팅해."

"……."

"왜, 꼽니?"

"아뇨."

그냥, 김승연이 나에 대해 오해하고 있는 게 뭔지, 그리고 그게 무슨 내용인지 알 것 같아서 잠시 멈칫했을 뿐이었다.

'나를 SJ엔터테인먼트 소속 신인 아역 배우라고 생각하나 본데?'

뭐, 이성진 정도 마스크라면 그런 오해를 할 법도 하지.

'허우대만큼은 어쨌건 모델 수준이었으니까.'

나는 앞으로 나서려는 강이찬을 남몰래 가만히 제지하며 의자를 세팅했다.

"도와줄게."

윤아름이 부랴부랴 나섰지만, 나는 씩 웃는 것으로 그녀를 만류해 준 뒤, 내 몫과 윤아름, 강이찬의 의자까지 테이블 주위에 놓았다.

"그래, 잘하네."

김승연이 내가 하는 양을 지켜보며 고개를 끄덕였다.

"원래 다들 그렇게들 시작하는 거야."

개인적인 생각인 데다가 오해하고 있는 걸지도 모르지만,

나는 김승연이 나름대로 나를 신경 써 주는 건 아닐까 하고
생각했다.

'혹시 나중에라도 건방 떨지 말고 미리미리 현장에 익숙해
지란 소리겠지.'

아니면 그냥 단순히 안하무인에 제멋대로일 뿐이거나.

어쨌건 감독의 대각선, 김승연의 맞은편에 윤아름이 자리
를 잡았고, 내가 강이찬을 사이에 두고 감독 맞은편에 자리
를 잡으려는 찰나.

"아, 성진이는 내 옆에 앉아."

김승연의 말에 나는 고개를 갸웃했다.

"네?"

"미소년을 옆에 끼고 있는 건 내 오랜 꿈이었거든."

"……."

"꼽니?"

"아뇨."

그냥 동기가 황당해서 그랬을 뿐이다.

'농담인지 진심인지 원.'

그래도 뭐, 일단 시키는 대로 해 주기로 했다.

내가 김승연 곁으로 자리를 옮기자마자 김승연이 입을 뗐
다.

"SJ엔터도 그렇게 안 봤는데 꽤 하네."

그 시선이 윤아름을 향했기에, 윤아름은 김승연의 말을 받

았다.

"무슨 뜻인가요?"

"모른 척하긴. 상식적으로 생각해도 그렇잖아? 윤아름이 내 과거 배역을 맡는다면 최종수 씨나 용준 씨 배역도 필요하게 되니까."

김승연이 나를 보며 말을 이었다.

"그리고 이참에 SJ엔터에서 키우고 있는 남자애도 밀어 줘 볼 심산인 거지?"

"예?"

그제야 김승연이 나를 어떻게 보고 있었는지를 깨달은 윤아름은 당황 반 황당 반이 뒤섞인 얼굴로 나를 보았다가 손사래를 쳤다.

"아뇨, 선배님, 성진이는 그런 게 아니라……."

김승연이 인상을 찌푸렸다.

"뭐야, 너도 모르고 있었어? 그러면 SJ엔터가 너한테도 아무 말 안 하고 진행했단 거네. 감독님한테도."

김승연이 팔짱을 꼈다.

"너네 소속사, 요즘 좀 잘나간다고 너무 기고만장한 거 아니니?"

"그게 아니라."

"들어."

김승연의 한마디에 기 세기론 둘째가라면 서러워할 것 같던 윤아름이 움찔하며 입을 다물었다.

'나처럼 훅 와닿진 않더라도 다들 은연중에 저 카리스마의 영향을 받기는 하는 모양이군.'

김승연이 딱딱한 말씨로 말을 이었다.

"아니면 지금 나랑 기 싸움이라도 해 보겠다는 걸까?"

"기 싸움이라뇨?"

윤아름도 이번에는 김승연에 지지 않고 맞섰다.

"저는 지금 선배님께서 무슨 말씀을 하시는 건지 잘 모르겠는데요. 저는 KBC 기획 측이 저를 찾으신다기에 이 자리에 왔을 뿐이에요."

맞선다고는 해도 내 눈엔 햄스터와 고양이 정도의 격차가 있어 보이지만.

"아무런 정보도 없이?"

"……그건 아니지만요."

그야, 여기 오기 전 백하윤한테 듣긴 들었으니까.

여기 오기 전까지 윤아름은 정말로 별생각 없이 '기획 쪽에서 보자고 했다'는 말만 철석같이 믿고 찾아왔을 뿐이고.

'……그러고 보니까 윤아름은 둘째 치고, 우리 회사도 일이 이렇게 될 줄은 몰랐던 건가?'

일단 김승연이 이 자리에 있는 것부터가 감독의 뜻이 아니었던 거 같지만.

"거봐."

윤아름이 말을 잇기 전 김승연이 코웃음을 쳤다.

"너도 나름대로 알 만큼은 알고 온 모양이지만 제대로는 모르네. 흠, 아직 어려서 그런가?"

슬슬. 하지만 제대로 속을 긁어 댄 김승연의 말을 윤아름이 욱하며 받았다.

"제가 제대로 모른다니요?"

"뭐긴, 처음부터 감독님은 너를 기용할 생각이 없었다는 의미지."

김승연의 싸늘한 말에 우리는 일제히 감독을 보았고, 감독은 어깨를 움츠렸다.

"감독님?"

윤아름의 말에 감독은 당장 대답하질 못했고, 김승연이 끼어들었다.

"왜요, 이 기회에 주역 기강 한번 잡아 놓고 가잔 거 아니에요? 나는 그렇게 봤는데."

"흠, 흠. 아니, 그게."

감독이 헛기침을 했다.

"꼭 그렇지만도 않거든."

부정하지는 않는군.

'뭐, 이만하면 상황이 어떻게 돌아가고 있는지는 나도 대강 알 거 같지만.'

조금 괘씸하긴 하네.

감독이 입을 열었다.

"일단 이것부터 말하고 시작하지. 나는 승연 씨나 여기 있는 윤아름을 우습게 본 적은 단 한 번도 없어."

칭찬인가?

감독은 윤아름을 힐끗 살피곤 말을 이었다.

"또, 윤아름이라면 마땅히 승연 씨가 맡은 여주 과거를 소화할 수 있을 거라고 생각했고, 그게 드라마적으로 더 좋은 그림이 나올 거라는 생각이 들더군."

쌓인 짬이 있어서일까, 감독은 윤아름이나 김승연이 불쾌하지 않게끔 신중하게 말을 이었다.

"하지만 그것도 어디까지나 윤아름의 스케줄을 봐서 결정할 문제라고 생각했지. 윤아름이 없으면 내가 구상한 그림은 완성되지 않으니까. 그래서 오늘은 윤아름에게 이번 드라마 출연 제의를 하려고 했을 뿐이야."

다만 태도가 신중했다는 것뿐, 본질은 변명이었다.

윤아름에게 제의를 한다, 그리고 윤아름이 그걸 수용하느냐는 건 또 다른 문제다.

궤변으로 점철된 감독의 논리는 그러했다.

'물론 김승연이나 윤아름이 그런 궤변에 넘어갈 만큼 호락호락하지 않다는 것이 문제지만.'

심지어 우리에게 감추고 있는 것도 있고.

아니나 다를까, 김승연은 픽 웃으며 감독의 말을 받았다.

"그러면 지금 감독님께선 스케줄 바쁜 여배우를 불러서 단순히 이야기나 나눠 보려고 했다는 말씀이세요?"

요즘 윤아름은 한가한데.

감독은 담담하게 대꾸했다.

"뭐, 받아들이기에 따라서는 그렇게 볼 수도 있겠지. 사전 캐스팅 단계에서 이를 조율하지 못한 건 이쪽의 불찰이야."

감독이 한 수 접고 들어가자 김승연은 표정을 조금 누그러뜨렸다.

"감독님 실력이야 잘 알죠. 아마 윤아름 정도면 여주 과거를 충분히 소화해 낼 거예요."

김승연의 말에는 윤아름도 조금 놀랐는데, 싸가지가 없는 것과는 별개로 김승연도 공적 분야에서 인정할 건 인정하는 모양이었다.

"하지만."

김승연이 단호하게 말을 이었다.

"그런 것치곤 너무 갑작스럽지 않아요? 장소 선정도 끝났고, 세트장도 완성된 상황에 이제 촬영만 들어가면 되는데, 이제 와서 극을 이끌어 나가야 하는 초반 4화 분량의 주인공 과거 배역을 구한다니."

김승연은 감독이 내놓은 궤변의 모순을 날카롭게 파고들었다.

"백번 양보해서 윤아름을 캐스팅했다 쳐요. 그러면 최종수 씨나 용준 씨 역할은요? 어떤 애들을 쓸 생각인데요?"

감독이 어깨를 으쓱였다.

"그건 일단 윤아름의 캐스팅이 결정되고 나서 생각하려 했어. 괜찮은 남자 아역은 꽤 있으니까."

"아항, 김승연의 대체제는 윤아름뿐이지만, 최종수 씨나 용준 씨 대체제는 널리고 널렸다?"

"왜 이야기를 그런 식으로 받아들이고 그래."

"이게 칭찬인지 욕인지 잘 몰라서 그러는 거죠. 신경 쓰지 마세요."

그러며 김승연은 옆에 앉은 내 어깨를 끌어안았다.

"뭐, 여기 있는 성진이 정도면 용준 씨 아역을 맡아도 괜찮겠지만. 성진이라면 용준 씨도 좋아할 거 같거든요."

나를 언제 봤다고 이렇게 높이 평가하시나.

김승연은 내 속내를 읽기라도 한 것처럼, 숨결이 닿을 만한 거리에서 그 상태로 내게 윙크를 했다.

"나, 사람 보는 눈은 좀 있거든."

그렇게나 사람 보는 눈이 있으면 내가 배우가 아닌 평범한 사업가라는 거나 좀 알아보지 그러냐.

'그래도 박용준이 나를 마음에 들어 할 거란 말은 마음에 드는데.'

머지않은 미래의 한류스타, 걸어 다니는 대기업이 내 소속사에 와 준다면 이 분야엔 한동안 더 바랄 게 없다.

그런데 잠자코 있던 윤아름이 갑자기 울컥하더니, 감독에게 말했다.

"그러면 여기선 일단 제 의사가 중요한 거죠?"

윤아름은 괜히 나를 힐끗 쳐다보곤 말을 이었다.

"그렇다면 이번 출연 제의를 정중히 거절하겠습니다."

윤아름의 발언에 감독이 움찔했고, 나도 놀랐다.

'아니, 여기선 조율부터 해 나가야지.'

우리가 반사이익을 얻을 게 있을지도 모르는데.

반면 김승연은 히죽 웃으며 윤아름을 보았다.

"어라, 그래?"

"……네."

"뭐, 사실 이제 와서 네가 나오건 말건 상관은 없는데."

김승연이 웃음기를 살짝 거뒀다.

"선배로서 조언을 하나 하자면, 나중에 후회하지 않을 자신 있어?"

"……무슨 뜻이에요?"

"무슨 뜻이긴."

김승연은 줄곧 하고 있던 포옹을 풀어 내 머리를 쓱싹 쓰다듬고는 다리를 꼬고 앉았다.

"네가 아직 꼬맹이란 의미야."

"뭐라고요?"

"새삼 어른 행세할 생각은 없지만…… 너, 요새 슬럼프

다시 사는
재벌가
망나니

지?"

불쑥 튀어나온 말에 윤아름은 저도 모르게 움찔했다가 얼른 표정을 고쳤다.

"아닌데요."

"아니기는 무슨."

김승연이 탁자에 턱을 괴었다.

"시치미 뗄 거 없어. 그거, 나도 거쳐 온 홍역 같은 거니까."

"……."

"왜, 아니면 설마 이 상황이 너한테만 찾아온 고난이라고 생각했니?"

김승연은 보란 듯 과장된 한숨을 내쉬더니 내려다보는 듯한 눈길로 윤아름을 물끄러미 쳐다보았다.

"아역 배우로 정점을 찍었지만, 맡을 수 있는 배역은 한정되어 있고. 나보다 실력도 인기도 떨어지는 어른들은 단지 어른이라는 이유만으로 당당히 주역을 꿰차는데, 정작 나는 여전히 조연을 면치 못하는 신세……."

김승연처럼 비뚤어진 수준은 아니겠지만, 아마 윤아름이 품고 있는 고민과 그 본질은 비슷할 것이다.

허를 찔린 것처럼 아무 말도 못 하는 윤아름에게서 시선을 거둔 김승연은 재차 감독을 보았다.

"아마 감독님도 네가 조금만 더 성장했으면 김승연처럼 싸가지 없는 배우를 쓰지 않고 윤아름을 썼을 텐데 하고 생각

중이실걸?"

"아, 아니야. 무슨."

감독은 손사래를 쳤다.

그나저나 김승연도 본인이 싸가지 없단 자각은 하고 있구
나.

'알면 고칠 것이지.'

감독이 헛기침 후 말을 이었다.

"어쨌거나 이건 결단코 승연 씨가 오해하는 기 싸움 같은
게 아니니까, 승연 씨도 이해해 줬으면 좋겠어. 정말로."

감독은 나를 힐끗 쳐다보았다.

"이성진이라고 했나?"

"네."

"너한테는 미안한데 사실 윤아름만 캐스팅되면 넣어야겠
다고 생각한 아역들이 있거든. 뭐, 너도 위에서 가래서 온 것
뿐이겠지만."

"아뇨, 괜찮아요. 저는 여기 아름이 친구 자격으로 따라 온
것뿐이고…… 신경 써 주셔서 감사합니다."

정말로.

감독은 '그려냐' 하고 멋쩍은 듯 머리를 긁적였다.

"아무튼 간에…… 승연 씨가 보기엔 지금 상황이 조금 갑
작스럽게 보이는 것도 사실이긴 하지만 아무 대비도 없었던
건 아니야."

이어서 감독은 윤아름을 보았다.

"그리고 내 입으로 말하기는 뭣하지만 말이야, 이번 드라마는 정말 자신이 있거든. 각본도 잘 뽑혔고, 예산 지원도 빵빵해. 그리고 여기에 아름 양만 출연해 준다면 나는 화룡정점을 찍을 수 있을 거란 욕심이 생기거든."

"……."

"이게 그저 기 싸움 같은 거라면 내가 아름 양에게 바쁜 걸음을 하게 했겠어? 오히려 지금이니까 맡을 수 있는 배역도 있는 거야. 나중에는 하고 싶어도 못 해."

다른 꿍꿍이가 있기는 하겠지만, 달래 가며 윤아름을 캐스팅하고 싶다는 감독의 표정과 말투만큼은 진심으로 보였다.

감독의 말마따나 윤아름이 출연한다면 드라마의 완성도는 더욱 높아질 것이다.

'그나저나 위화감이 있긴 하군.'

아마, 이건 전생의 상황을 알고 있는 나이기에 할 수 있는 생각이겠지만.

'전생에는 이런 일이 없었지.'

전생의 드라마 '첫사랑'은 주연 3인방이 고등학생 분장을 해서 드라마를 진행했다.

그것도 크게 문제 삼을 수준은 아니었고, 배우들은 고교생 연기를 그들의 연기력으로 잘 커버했다고.

'이때는 그런 걸 탓하는 시대도 아니었고 말이야.'

여기서 전생과 드라마 제작 환경에 영향을 끼칠 만큼 달라진 점이라면, 윤아름의 현재 입지였다.

전생 이맘때의 윤아름은 지금과 비교도 할 수 없을 만큼, 어디에나 있는 그저 그런 아역 배우에 불과했고 그런 그녀의 가능성을 알아본 건 소수였다.

그에 비해 지금의 윤아름은 그녀가 출연한다는 정보만으로도 어느 정도 시청자들을 끌고 들어올 수 있을 정도니, 나로선 격세지감 아닌 격세지감을 느끼는 중이다.

'하지만 그렇다고 해서, 이게 초반에 시청자를 확보해야 하는 상황의 리스크를 감수해 가면서 진행할 정도의 일인가?'

윤아름이 지금 시대의 또래에선 인기로나 실력으로나 최고로 꼽히는 아역 배우임은 분명하지만, 그렇다고 현존하는 인기 스타들의 아성을 위협할 정도는 아니다.

하물며 김승연을 대체해 가며 시청자를 끌어들일 수 있는 정도냐고 묻는다면, 윤아름에게 호의적인 나조차도 회의적인 대답을 내놓을 수밖에 없다.

'심지어 본방 사수가 어느 때보다 중요한 이 시대에는 더더욱.'

거기서 나는 혹시, 하는 생각에 미쳤다.

'윤아름만 있는 게 아니군.'

여타 다른 방송국에 비해 KBC는 보수적인 편이다.

이때 보수적이라고 함은 최대한 모험을 하지 않는다는 의미로, KBC는 대체로 신인보단 큰돈을 써서라도 검증된 배우를 선호하는 편이다.

'신인을 쓰더라도 가능성이 검증된 이들을 주로 쓰지.'

심지어 감독이 말했듯 이번 드라마는 그들이 성공을 확신할 정도로 거대 자본이 투입된 드라마로, KBC의 보수적인 성향에 더욱 박차를 기했으면 기했지 반대 상황의 모험을 할까닭은 더더욱 없을 것이다.

여기에 더해 감독은 우리에게 '다른 아역도 준비되어 있다'고 말했지만, 그건 윤아름의 출연이 무산된다면 이루어지지 않는 일이다.

내가 알기로도 이 시대에 윤아름을 능가하는 아역 배우는 성별을 통틀어도 존재하지 않으니, 감독의 이번 윤아름 기용에는 달리 믿는 구석이 있단 의미일 터.

'……정작 내용을 걸고 들어가자니 내가 그 드라마를 본 적이 없고.'

그 시절 나는 이성진네 집에서 눈칫밥을 먹느라 남들처럼 드라마를 볼 여유는 없었고, 지금 언급 중인 드라마에 대해서도 이 시대 안방극장을 풍미한 드라마라는 사전적 지식뿐이었다.

'그러면 한번 찔러 볼까.'

생각을 마친 나는 불쑥 끼어들었다.

"감독님, 질문이 있는데요."

열심히 윤아름의 마음을 돌리던 감독은 응? 하고 나를 보았다.

"뭐냐?"

"혹시 아름이나 다른 아역 말고 초반 과거 장면에만 캐스팅되는 다른 배우님도 염두에 두고 계세요?"

내 말에 감독은 움찔했다.

역시.

감독은 잠시 뜸을 들였다가 태연한 척 내 말을 받았다.

"무슨 소리냐, 그건?"

"음, 그러니까 과거에만 등장하는, 극을 끌어가는 주인공에게 동기를 제공하고 퇴장하는 인물이라고 할까요."

"……"

더 이상 모른 척하기 힘든 감독은 이번엔 입을 다물었지만, 김승연은 내가 무슨 의도로 그런 질문을 던진 건지 눈치채곤 곧바로 내 말을 받아 갔다.

"맞아, 있어. 주인공 아버지가 죽거든."

스포일러를 당했다!

라고 하기엔, 기억을 더듬어 보니 내가 읽은 시놉시스에 그런 내용이 있었던 것 같기도 했다.

"그래요?"

"응. 게다가 주인공의 아버지를 죽음에 이르게 한 장본인이 여주인공 아버지야. 그로 인해 서로가 첫사랑인 주인공이랑 여주인공은 복잡한 심경으로 서로를 대하게 되지. 대강 그런 내용으로 흘러가."

예, 스포일러 감사합니다. 초반 내용은 건너뛰어도 되겠군요.

'……우리 배우가 나오는데 정말로 건너뛸 수는 없겠지만.'

그것도 어디까지나 윤아름이 출연한다는 전제하의 이야기다.

'안 그러면 나도 바쁜데 굳이 찾아볼 이유가 없지.'

어쨌건 내게 설명 겸 스포일러를 마친 김승연은 고개를 돌려 감독을 보았다.

"혹시, 그것도 배역이 바뀌었나요?"

"……아니, 그러니까."

감독은 괜스레 나를 원망 어린 눈으로 쳐다보았다가―나는 그 시선을 순진무구한 눈망울로 받아쳤다―한숨을 푹 내쉬었다.

"맞아. 안형욱 씨가 해 보겠다고 했어."

안형욱?

그 사람 이름이 여기서 나올 줄은 나조차도 전혀 예상하지 못했다.

"네? 안형욱 선생님이……."

안형욱을 예정하고 있다는 감독의 말에는 뭐에 화가 났는지 뚱한 얼굴로 철벽을 치던 윤아름도 깜짝 놀랐을 정도였다.

'확실히. 안형욱 정도면 초반 극을 이끌어 나감에 흥행 면에서나 주목도 면에서 부족함이 없긴 하지.'

아니 부족함이 없기는커녕, 과잉일 지경이다.

'그것만으로도 연예 신문이 도배가 될 지경일 텐데.'

초반 몇 화라고는 하나 안형욱이 드라마에 출연한다면 그건 국민배우가 몇십 년 만에 안방극장으로 복귀하는 셈이니, 초반을 이끌어 갈 드라마의 화제성 측면에서 결코 부족함이 없다.

'내 기억에도 안형욱은 젊을 때 잠깐 드라마에 나온 것 말고는 줄곧 영화만 했고.'

이를 두고 '역사가 바뀌었다'고 표현하면 너무 거창하겠지만, 전생에는 일어나지 않았던 일이 펼쳐지는 중임은 분명했다.

'나 참, 윤아름을 캐스팅하겠다고 하질 않나, 안형욱이 드라마에 출연한다고 하질 않나, 도대체 어떻게 된 일이지?'

하지만 (놀란 포인트는 다르겠으나)나나 윤아름 두 사람도 김승연처럼 극적인 반응을 보이진 않았다.

"뭐라고요?"

김승연은 아예 그 말을 듣자마자 자리에서 벌떡 일어섰다.

"그 사람이 왜……."

……그 사람?

'남들처럼 안형욱 선생님이 아니고?'

나는 혹시 지라시처럼 안형욱이랑 그렇고 그런 관계인 건가, 하고 잠깐 생각했지만 안형욱을 관형사로 언급하는 김승연의 표정엔 그 어떤 끈적거림이나 부적절함은커녕……

'말 그대로 복잡하군.'

동경, 당혹, 기쁨, 당황 등……

그리고 나는 김승연이 보여 주는 표정에서 '원망'이라는 감정도 섞여 있었음을, 알아보았다.

'지라시에 있던 내용만큼은 아니지만, 아무래도 김승연과 안형욱 사이에 뭔가 있긴 있나 본데.'

게다가 앞서 백하윤의 사무실에서 안형욱의 이름이 잠깐 언급된 것도, 어쩌면.

'……이번 일과 아주 무관하지 않은 걸지도.'

그때 똑똑, 하고 우리가 있는 사무실 문을 두드리는 소리가 났다.

이 묘한 상황에서 노크를 한 인물에 감독은 안도 반, 또 누가 찾아올지 몰라 의문 반이 뒤섞인 얼굴로 문을 보았다.

"SJ엔터테인먼트 마동철 전무입니다. 들어가도 되겠습니까?"

"아, 예. 들어오십시오."

달각 문이 열리자, 거기엔 마동철뿐만 아니라 백하윤까지서 있었다.

그리고 백하윤을 알아본 감독은 뒤늦게 자리에서 벌떡 일어섰다.

"백하윤 선생님?"

"오랜만이에요, 최 감독."

백하윤이 감독과 인사를 마치자 아까 전부터 자리에 서 있던 김승연은 얼른 고개를 꾸벅 숙였다.

"안녕하세요, 선생님."

"네, 승연 씨도 오랜만이군요."

몰랐는데, 백하윤과 김승연은 구면인 모양이었다.

'뭐, 백하윤이 마당발이긴 하니까.'

다만, 왠지 모르게 백하윤을 보는 김승연의 시선은 '백하윤 대표'나 '백하윤 선생님'을 보는 눈이라고 하기보단 어딘지 좀 더 사적인 기류를 풍겼다.

'이를테면…… 나와 백하윤의 관계처럼.'

정확히는 그것보단 조금 더 멀고 불편한 느낌이지만.

백하윤은 마치 이 자리의 호스트라도 되는 양 성큼성큼 걸어왔고, 나는 얼른 두 사람 몫의 의자를 가지러 일어섰다.

"아, 제가……."

나는 나를 도와주려는 마동철에게 윙크하며 그를 만류했다.

"아니에요, 전무님. 이런 건 막내가 하는 법이잖아요?"

내 말을 들은 마동철은 잠시 당황했다가, 이 자리에 있는 듯 없는 듯 있던 강이찬마저 나를 도우려 움직이지 않고 있는 걸 보고선 상황 돌아가는 꼴을 대강 눈치챈 듯 쓴웃음을 지었다.

"고맙구나."

"아뇨, 뭘요."

예전에 용산에서 말을 맞춘 전례가 있어서인지는 몰라도, 마동철은 이 갑작스러운 연극에 장단을 잘 맞춰 주었다.

백하윤과 마동철은 각각 내가 마련해 준 자리에 앉았고, 그제야 예의상 일어섰던 사람들도 착석했다.

"소개가 필요할까요?"

백하윤의 말에 감독은 선객들의 눈치를 살피곤 고개를 저었다.

"아뇨, 괜찮습니다. 다만 이 아이들로 말씀드리자면……."

"알고 있어요. 함께 왔거든요."

윤아름과 나, 강이찬이 백하윤과 '동행'해서 여기 왔다는 말에 감독은 움찔했다.

"애들과 아는 사이셨습니까?"

"뭐어, 아름 양은 저와 함께 작업도 한 사이고, 또 성진 군은……."

백하윤은 나를 보며 빙긋 웃었다.

"제 제자거든요."

"예?"

그 말에 김승연과 감독은 화들짝 놀랐다.

"몰랐습니다."

뭐, 딱히 거짓말은 아니지.

그나저나 백하윤도 내 연극에 자연스레 동참해 주는 걸 보니 그녀도 빠른 눈치만큼 꽤 짓궂단 생각이 들었다.

"성진 군이 감독님께 아무런 말도 안 한 모양이네요. 애도 참."

그러면서 나를 보는 백하윤의 눈길에 속이 뜨끔했다.

"하, 하하, 이거, 저는 그런 줄도 모르고……."

감독이 곤혹스러워하며 공연히 나와 마동철을 힐끗거리자, 백하윤이 물었다.

"혹시 무슨 곤란한 일이 있었나요?"

곤란하긴 하겠지.

무명 아역 배우라 생각했던 꼬마가 백하윤이란 거물을 백으로 두고 있다는 걸 깨달으면 내가 감독이라도 당황할 거다.

"아, 아뇨. 아닙니다. 선생님이 여기 오시기 전에 성진 군이랑 드라마 배역 문제로 이야기를 한 게 있어서……."

감독이 허둥지둥 얼버무리듯 대답하니 백하윤은 눈웃음을 지으면서 나를 보았다.

"감독님께서 오해를 하고 계신 거 같군요. 성진 군은 배우 지망생이 아니에요."

"어라, 그랬습니까?"

"그래요. 제가 보기에는 연기도 잘할 것 같은데 정작 본인에게는 그럴 의사가 없어서."

그렇게 말하며 내 머리를 쓰다듬는 백하윤의 손길이 꽤 의미심장했다.

심지어 무슨 감정이 실렸는지 꽤, 거칠다.

"아무튼."

내 머리를 잔뜩 헝클어 놓은 백하윤이 어조를 바꿔 말을 이었다.

"아까 말씀드렸던 대로 저는 근처에 들를 일이 있어서 왔다가 인사차 온 거니까, 신경 쓰지 말고 하시던 이야기 계속 나누세요."

신경이 안 쓰일 리가 있나.

"아, 그냥 저는 나가 있을까요?"

선생님께서 그렇게 말하면 누가 순순히 '예' 하고 말하겠습니까.

백하윤의 말에 이 상황을 물끄러미 지켜보고 있던 김승연이 입을 열었다.

"아뇨, 선생님만 괜찮다면 이 자리에 함께해 주세요."

"……흐음."

백하윤이 빙그레 웃으며 김승연을 보았다.

"승연 씨, 저에게 하실 이야기가 있나 보네요."

"네."

백하윤 앞에선 고양이 앞의 쥐처럼 보이던 김승연이었지만, 이 상황에도 본성은 어디 가질 않는 모양인지 이번 기회에 제 할 말은 해야겠단 얼굴이었다.

"해 보세요, 그럼."

"감사합니다."

김승연은 한 차례 뜸을 들인 뒤 말을 이었다.

"방금 감독님께 듣기론 이번 드라마에…… 안형욱 씨가 출연하신다고 해서요. 혹시 선생님도 알고 계셨나요?"

나는 김승연의 말을 들으며 백하윤, 안형욱, 김승연 세 사람 사이에 뭔가가 있구나 하는 생각을 했지만, 이 자리에 있는 다른 사람들과 마찬가지로 아무것도 모르는 척 백하윤의 말을 기다렸다.

"예."

백하윤은 시원시원하게 긍정했다.

"저도 안형욱 씨가 그럴 의사가 있단 이야기를 전해 들었어요."

전해 들었다, 라.

김승연은 남 이야기하듯 하는 백하윤에게 노골적이진 않지만 은근히 불편한 기색을 드러냈고, 백하윤은 그 시선을 모른 척 받아 넘기며 마동철을 보았다.

"전무님?"

"예, 제가 말씀드리겠습니다."

마동철이 사무적으로 백하윤의 말을 받았다.

"얼마 전, SJ엔터테인먼트 측에 배우 안형욱 씨께서 연락을 해 주셨습니다."

안형욱이 먼저 우리 쪽에 접선을 해 왔다고?

마동철이 말을 이었다.

"내용은 '윤아름이 드라마에 출연한다면 본인도 출연을 고려해 보겠다'는 것이었습니다."

"뭐라고요?"

김승연은 참지 못하고 울컥하며 끼어들었다.

"왜죠?"

"……말씀하시기로는 '전도유망한 배우와 연기를 함께해 보고 싶다'는 이유였습니다."

빠득.

이 가는 소리가 들렸다.

소음의 출처는 김승연이었다.

"그 사람이 직접 그랬어요?"

"예."

김승연이 자리에서 벌떡 일어섰다.

"그러면 이야기는 여기까지로 하죠. 오늘, 만나 뵙게 되어 무척 반가웠습니다."

김승연이 말하는 내용인즉, '오늘은 여기까지 합시다'가 아닌, '이런 식으로 나오겠다면 나는 이 드라마에서 하차하겠다'는 선언이었다.

이 중 가장 당황한 건 감독이었다.

"이봐, 승연 씨."

김승연이 감독을 홱 쏘아붙였다.

"알고 보니 감독님까지 다 한통속이었네요. 다 큰 어른들이 모여서 나 한 사람 엿 먹이는 거, 많이들 즐거우셨어요?"

거, 말이 좀 거친데.

백하윤이 눈썹을 씰룩였다.

"승연 씨, 여기 애들도 있어요."

"……."

김승연은 나와 윤아름을 번갈아 보곤 아차 싶은 얼굴을 했다.

그녀는 백하윤 앞에서 막 나가는 것보다 애들이 이 상황을 받아들이는 것을 더 신경 쓰는 모양이었다.

나는 둘째 치고, 윤아름은 지금 일이 어떻게 흘러가고 있는지 몰라 잔뜩 당황한 눈치였다.

'윤아름이 곧잘 센 척은 잘하지만 사실 속은 여리거든.'

그럼에도 어쨌건, 잠시 짧은 후회를 하기는 했으나 울분이 풀리지 않은 김승연은 그대로 출구를 향해 발걸음을 옮겼고, 그 발길을 백하윤의 한마디가 붙들었다.

"이걸로 끝내려고요?"

백하윤의 말에 김승연이 멈칫하더니 몸을 돌려 그녀를 보았다.

　"그게 뭐 어때서요. 언젠 만류하셨으면서요?"

　"그건 승연 씨의 각오를 보기 전이었으니까요. 그리고 그때랑 지금은 다르잖아요?"

　"……."

　"저도 지금껏 승연 씨가 어떤 노력을 해 왔는지 곁에서 지켜봐 온 입장이니, 이번만큼은 승연 씨가 멋대로 행동하려한 걸 용서해 줄 용의가 있어요."

　백하윤이 말을 더했다.

　"하지만 이대로 여기서 나가면 승연 씨와 저는 두 번 다시 볼 일이 없을 거예요."

　평이했지만, 어딘지 싸늘한 느낌이 드는 말투였다.

　김승연이 픽 웃었다.

　"괜찮네요. 그러면 조만간 기자들을 쫙 불러 볼까요? 어쩌면 거기서 선생님을 또 뵙게 될지 모르겠네요."

　"……승연 씨가 감당할 자신 있어요?"

　백하윤이 이렇게 화를 내는 건 처음 본다.

　백하윤의 말은 허세는 아니다.

　김승연과 안형욱이 어떤 사이인지는 모르겠지만, 여기서 김승연이 '하차'를 한다면 배우로서 그녀의 커리어는 끝장이다.

이건 현재 출연을 고려하고 있는 윤아름과는 전혀 딴판인 상황으로, 이미 계약서까지 쓴 마당에 일방적인 파기를 한다면 그에 따른 위약금뿐만 아니라 계약에 따른 신뢰 관계도 파탄이 날 것이 분명했다.

더군다나 아직 선례는 없는 것으로 알지만 이 바닥에서 백하윤에게 밉보이면 어떻게 될지, 그 미래란 안 봐도 비디오고.

아니 '내가 모른다'는 것뿐이지, 어쩌면 이미 누군가 한두 사람쯤은 이 바닥에서 매장했을 수도 있다.

'……뭐, 이러나저러나 솔직히 내 알 바는 아니지만.'

그래도 이대로 잠자코 지켜보기엔 어쨌건 나도 휘말렸다면 휘말린 입장인 데다가, 나 모르게 물밑에서 중요한 일이 진행되었던 것은 꽤나 괘씸했기에 이쯤해서 끼어들기로 했다.

"일단 들어 보죠."

내가 입을 열자 김승연은 네가 끼어들 상황이 아니라는 듯 나를 쏘아보았다.

"뭐?"

"사실, 아직 아름이의 출연이 결정된 것도 아니잖아요? 그러니까 안형욱 씨의 출연도 없던 일이 될 수 있는 거예요."

"……."

아마 내가 들어온 평소 김승연의 행실이면 나 같은 꼬마가 하는 말은 귓등으로도 듣지 않고 이대로 문을 박차고 나갔겠지만.

당장 분노를 쏟아 내는 것보다 새삼 당최 내가 누군지 궁금해하는 눈빛을 띠었다.

"하긴."

김승연은 못 이기는 척 성큼성큼 자리로 돌아와 도로 내 곁에 앉았다.

"성진이 네 말마따나 아직 확정된 건 아니니까."

"그렇죠?"

"하지만."

김승연이 관계자 일동을 쭉 둘러보며 방금 전 내게 한 것 과는 딴판인 어조로 말을 이었다.

"그전에 이게 어떻게 된 일인지 제가 듣고서 납득할 수 있 는 수준이어야 하는 게 먼저예요."

아마 그녀는 마동철과는 초면일 텐데도 느닷없는 갑질이 었다.

하지만 마동철은 배우의 히스테리에 익숙한 모양으로(설마 윤아름 때문인 건 아니겠지?) 김승연의 말을 태연히 받았다.

"알겠습니다. 그러면 우선, 사…… 이성진이 말한 것을 토 대로 추측컨대, 김승연 씨는 현재 윤아름의 출연을 조건으로 안형욱 씨가 출연한다는 것을 인지하고 계셨던 것으로 보입 니다. 맞습니까?"

"그래요. 저도 전무님이랑 선생님이 오시기 직전에 감독님께 들은 거지만요."

그러면서 김승연은 감독을 째려보았고, 감독은 저도 모르게 어깨를 움츠렸다.

그리고 감독은 응당 그러해야 했다는 듯 기 싸움에서 이긴 김승연은 아랑곳하지 않고 시선을 돌려 마동철을 보았다.

"그렇담 저희들 외에 이 일을 알고 있는 건 누구죠?"

"안형욱 씨 본인과 안형욱 씨의 소속사 극히 일부, 그리고 기존 배역을 맡기로 한 임현철 씨입니다. 해당 내용에 관해선 안형욱 씨와 제가 직접 통화했습니다."

"……그 사람이 또 무슨 말을 했나요?"

"몇 가지 인사를 주고받은 것 외엔 사실상 방금 전달해 드린 내용이 전부입니다. 그리고 이후……."

마동철이 백하윤의 눈치를 슬쩍 살피자, 잠자코 김승연을 바라보고 있던 백하윤이 말을 이어 받았다.

"제가 형욱 씨의 연락을 받고 마동철 전무님과 이야기를 나눴어요. 잘 모르셨겠지만 여기 계신 마동철 전무님과는 인연이 있거든요."

그도 그럴 것이 마동철을 내게 소개한 사람이 바로 여기 있는 백하윤이니까.

"또, 그런 일이 있다면 응당 이번 드라마의 총책임자인 감독님도 아셔야 할 일이라고 생각해서 저는 안형욱 씨와 여기 계신 마동철 전무님의 동의하에 감독님께 따로 연락을 드렸고, 그게 제가 아는 이번 일의 전말 전부예요."

백하윤이 쓴웃음을 지었다.

"하지만 그럼에도 아름 양의 출연 이야기를 승연 씨가 알고 있었다면, 어디서 말이 샌 모양이긴 하네요."

거기서 감독이 움찔했다.

"그, 그거 말입니다만……."

"그건 아니에요."

김승연이 심드렁하게 감독의 말을 끊었다.

"저도 윤아름이 제 배역의 아역을 맡게 될 거란 건 얘들이 오기 전, 오늘 알았거든요."

그러며 김승연이 감독을 보며 씩 웃었다.

"우리 최 감독님, 유도신문에 약하시더라고요."

"……끙."

그 말에 거짓은 없을 것이다.

실제로 김승연이 알고 있는 정보는 적었고, 윤아름의 출연을 조건으로 안형욱이 참가한다는 내용도 몰랐던 데다가 초반엔 이번 일을 '기 싸움' 정도로 인식하고 있었으니까.

'아마 내가 생각했듯, 윤아름으론 드라마 초반부를 끌어갈 힘이 부족할 테니 윤아름 출연은 소용없다는 걸 그녀도 인지했던 거겠지.'

그것도 안형욱이란 거물이 언급되면서부터는 이야기가 전혀 달라졌지만.

김승연이 말을 이었다.

"제가 궁금한 건, 그 사람이 무슨 의도로 이런 장난질을 치려는 건지 모르겠단 거예요. 윤아름이 출연하면 본인도 나오겠다니, 대체 무슨 생각인 거죠?"

"……그건…….'

백하운은 무어라 말하려 했지만 이 자리에선 하기 힘든 이야기라는 듯 입을 다물었고, 김승연은 그런 백하운을 보며 피식 웃었다.

"그거 보세요. 그 사람은 그런 식이라니까. 뭐, 그래도 '김승연이 나오면 나는 출연하지 않겠'고 하는 것보단 낫네요."

화는 가라앉은 모양이지만, 분노가 빠져나간 자리를 채운 건 형용하기 힘든 서글픔으로 보였다.

'내가 전생에 알던 지라시를 포함해 김승연과 안형욱이 무슨 관계인지, 슬슬 짐작은 가는군.'

만약 내가 생각한 대로라면, 안형욱은 대외적으로 비치는 이미지와 본래 성격이 꽤나 다른 인물이란 것일 터.

'뭐, 나도 실제로 만나 본 적은 없으니 속단은 금물이지만…….'

김승연도 김승연이다.

'김승연은 김승연대로 승인 욕구가 크고, 그걸 인정받고 싶은 대상은 따로 있었던 거지. 그리고 그게 어긋난 시점에 이르러 욱하는 감정으로 이 일을 저질러 버린 것뿐일 터.'

아무튼, 감정이란 강력한 동기가 되는 것이면서도 때때론 시시콜콜하고 하찮은 데다가 귀찮은 것이다.

그렇게 됐으니.

여기선 '사업가'로서 끼어들어 볼까.

"저는 안형욱 씨가 무슨 생각인지 알 거 같은데요."

내 말에 김승연은 대놓고 불쾌감을 표했다.

"뭐?"

뭐가 됐건 이런 일엔 감정보다 이성이 나설 때니까.

'그리고 아마…… 안형욱은 김승연보단 나와 비슷한 부류의 인간일 거 같거든.'

내 생각이지만, 김승연이 안형욱을 생각하는 감정의 깊이나 크기와 별개로 안형욱은 김승연에 대해 별다른 감정이 없을지도 모른다.

만일 그런 것이라면, 안형욱이 이번 드라마 제작에 간섭한 것은 김승연이 생각하는 것처럼 그녀에게 모종의 영향력을 행사하기 위해서가 아닌, 순수하게 '비즈니스적 관점'에서 접근한 것은 아닐까.

'비즈니스적 관점……이라고 말하기엔 마냥 금전적인 이득만을 의미하는 건 아니지만.'

이상의 생각을 바탕으로 나는 언짢은 기색의 김승연을 향해 말을 이었다.

"제 입으로 이런 이야기하기는 좀 뭣하지만…… 사실 SJ엔터테인먼트는 친해져서 나쁠 것 없는 회사거든요."

내 말이 꽤 도발적으로 들린 걸까, 김승연은 미간을 움찔 했다.

그녀가 그런 내 앞에 대놓고 화를 내지 않는 건 이 자리에 있는 백하윤 때문일 것이지만, 그래도 방금 전 언짢아 보이던 기색에 내가 부채질을 한 건 분명해 보였다.

"아하, 그러니까 성진이 네 말은 안형욱 씨가 'SJ엔터테인먼트'와 연줄을 대보려고 이번 일에 윤아름을 끌어들였다?"

"그렇게 받아들이실 수도 있겠네요."

"……너, 지금 진지하게 하는 말이니?"

김승연은 싸늘한 표정으로 나를 보았다.

"그리고 이 자리는 네가 함부로 끼어들 만한 장소가 아니야."

"그래요?"

나는 '얘가 왜 이러나' 하는 얼굴의 감독과 '너 왜 그래?' 하는 얼굴의 윤아름, 쓴웃음을 짓고 있는 백하윤, '왜 그러시는 겁니까' 하는 얼굴로 당황한 마동철, 애당초 남의 일이라는 듯 줄곧 무표정한 강이찬까지 쭉 둘러본 뒤 말을 이었다.

"공식적으로 초대를 받은 건 아니지만 저도 한마디 할 권리는 있다고 생각했는데요."

"너."

김승연은 한숨을 푹 내쉬곤 백하윤을 힐끗 보았다.

아무리 그 대단한 백하윤의 제자라고는 하지만 낄 때, 끼지 않을 때 구분 못 하는 건 백하윤 쪽이 나서서 말려 봐야 하지 않느냔 눈빛이었는데, 정작 백하윤은 쓴웃음을 지은 채 내 말을 받을 뿐이었다.

"그렇기는 하네요. 따지고 보면 성진 군도 이 자리에서 이익 당사자 중 한 사람이라고 할 수 있을 테니까."

"선생님!"

김승연이 황당해하며 백하윤의 말을 받았다.

"아무리 그래도……."

"성진 군은."

백하윤은 한숨을 내쉬며 김승연의 말을 끊어 냈다.

"SJ엔터테인먼트 사장이거든요."

"……네?"

김승연은 그게 무슨 농담이냐는 듯 헛웃음을 터뜨렸다가, 백하윤의 표정이 진지한 걸 보곤 얼굴에 웃음기를 지우며 나를 보았다.

"진짜?"

"네."

"……."

"……음, 뭐, 딱히 일부러 속이려던 건 아니었어요."

거짓말은 안 했다.

윤아름이랑 친구인 것도 맞고, 내가 여기에 겸사겸사 따라

온 거란 것도 맞으니까.

김승연은 뒤이어 황망해하며 마동철을 보았고, 마동철까지 그 시선에 고개를 끄덕였다.

"선생님 말씀대로입니다."

"……"

농담이라고는 하지 않을 것 같은 마동철마저 백하윤의(백하윤도 이런 일에 농담을 하는 성격은 아니지만) 말을 두둔하고 나서니 김승연은 이제 이 이야기를 받아들일 수밖에 없단 듯이 의자에 등을 기댔다.

"이게 뭐야, 정말이지……. 나 참."

아니, 그냥 생각하길 그만둔 건가.

김승연은 고개를 저은 뒤, 내 정체가 무어란 걸 알고 나서부턴 좌불안석이 된 감독과 달리, 아까 전과 크게 다를 것 없는 태도로 내게 말을 걸었다.

"그래, 그러면 그렇다 쳐. 그래서 안형욱 씨가 'SJ엔터테인먼트'에 잘 보여서 좋을 게 뭐가 있단 거니?"

내가 누구라는 것이 언급되건 말건, SJ엔터테인먼트가 이 바닥에서 신출내기 소속사라는 것은 변하지 않는다.

하물며 김승연이라면 어지간한 소속사 대표를 상대로도 맞먹을 수준인 데다, 소문에 의하면 본인의 소속사 대표에게도 아랑곳하지 않는다고 할 정도니 내가 누구든 뭐가 어쨌냐는 것일 터.

지금은 그저 나도 더 이상 배우 지망생이 아닌, 소속사 대표로서 이 대화에 낄 자격을 갖춘 것에 불과한 것이다.

　'하긴, 내 배후에 삼광 그룹이 있다고 해도 아랑곳하지 않을 사람이긴 하지.'

　이것도 소문이지만, 김승연은 이 시대를 대표하는 여배우이다 보니 각 재벌가에서 개별적인 만남을 청한 것에 강짜를 놓기도 했다는 모양이고.

　'아마 내가 삼광 그룹의 장손인 걸 알고 나서도 코웃음이나 칠걸.'

　그런 그녀이니, 나는 오히려 마음이 편했다.

　나는 김승연의 말을 담담히 받았다.

　"일단, SJ엔터테인먼트는 안형욱 씨와 한 차례 작품을 한 적이 있어요."

　"……제작도 하니?"

　"정확히는 저희가 통통 프로덕션 측과 계약 관계거든요."

　통통 프로덕션.

　얼마 전부터 두각을 나타내고 있는 이 기획 제작사는 김승연도 들어 보았을 것이다.

　TBS 방송사를 전신으로 두고 있다고 해도 될 통통 프로덕션은 최근 각종 예능 및 시사교양 프로그램 제작을 도맡아 왔고, 심지어 그게 연달아 히트를 해 내며 방송 제작자들 사이에 입소문이 한창 돌고 있는 곳이다.

'그러다 보니 통통 프로덕션이 TBS의 정신적 후계인 것도 이제 알 사람은 다 아는 판국이지.'

김승연은 생각난 게 있는 듯 손가락을 튀겼다.

"아, 혹시 '먼 나라 이웃사촌'도 통통 프로덕션 제작이었니?"

"네, 맞아요."

"……흐응. 그랬구나."

김승연이 고개를 주억거렸다.

"난 또 그 사람이 웬일로 그 프로에 나오나 했더니."

김승연은 안형욱이 얼마 전 방송한 '먼 나라 이웃사촌' 이탈리아 편의 특별 게스트로 나왔던 것을 알고 있는 모양이었다.

"그래서."

김승연이 말을 이었다.

"네 말은 안형욱 씨가 윤아름을 통해 SJ엔터, 나아가 통통 프로덕션 측이랑 연결 고리를 만들어 보려고 한단 거니?"

"굳이 따지자면 그렇지 않을까 해요."

그리고 여기서는 언급하지 않았지만, 안형욱은 방준호 감독의 존재도 염두에 두고 있을지 모른다고 생각했다.

방준호 감독의 역량을 사전적 지식으로 알고 있는 나와 달리, 이 바닥 계통 사람들은 방준호 감독에 대해 또 어떤 평가를 내리고 있는지 모르고.

'안형욱이 그걸 노린 거라면, 그건 그것대로……'

잠시 생각하던 김승연이 피식 웃었다.

"그럴듯하네."

스스로 말하고도 다소 비약이 있다고 생각했는데도 불구하고, 그녀는 의외로 내 말을 부정하지 않았다.

"아무튼 알겠어."

김승연이 고개를 돌려 감독을 보았다.

"그러면 감독님, 알아서 진행해 보세요."

"어? 어어, 승연 씨, 하지만……."

"저는 이제 신경 안 쓸 테니까, 윤아름을 출연시키건 말건 알아서 하시란 거예요."

김승연이 떨떠름해하며 말을 이었다.

"저는 하차도 하지 않을 거고…… 어차피 과거 회상 때만 나올 사람이니 촬영 중에 마주칠 일도 없을 거 같으니까."

"……아, 으응. 그래."

감독은 그제야 안도하는 눈치였다.

'다만 안형욱과 김승연이 만나지 않게끔 스케줄 조율을 하기는 해야겠지.'

김승연이 자리에서 일어섰다.

"그러면 '이제는 제가 낄 자리가 아닌 것 같으니까' 말씀들 나누세요."

이 상황에 수긍한 것과 별개로 기분이 좋지 않은 것만은 분명해 보였다.

"실례했습니다."

그리고 김승연은 나가기 전, 내 정수리를 손가락으로 쿡 찔렀다.

"바래다줘."

"네?"

"못 들었니?"

"……아, 예."

나는 하는 수 없이 김승연을 따라 자리에서 일어섰다.

'심지어 아무도 안 말리네.'

사무실을 나온 김승연은 얼마간 빠른 걸음으로 복도를 걷다가, 몸을 홱 돌려 나를 벽에 몰아붙였다.

"너."

"네?"

"처음부터 다 알고 있었지?"

처음부터 알고 있었냐니.

'나도 여기서 김승연을 볼 줄은 몰랐는데, 무슨 소리래.'

나는 이내 그녀가 묻는 것이 '김승연과 안형욱의 관계'에 대해 묻는 것임을 깨닫고는 고개를 저었다.

"전혀요."

"……."

"정말이에요. 선생님도 저한테 아무 말씀 안 하셨거든요."

사실 뭐가 어쨌건 별로 관심이 없다는 게 더 정확하지만.

김승연은 한동안 그 상태로 나를 잡아먹을 듯 노려보다가 뒤로 한 걸음 물러섰다.

"……흥, 됐어."

그리고 그녀는 내 어깨를 짚어 몸을 홱 돌려 버렸다.

"이만 가 봐. 여기서부터는 나 혼자 갈 테니까."

"안 바래다드려도 괜찮아요?"

"됐다니까."

김승연은 내게 얼굴을 보이고 싶지 않은 것처럼 등을 돌리며 신경질적으로 쏘아붙이곤 또각, 또각 하이힐 소리를 내며 복도 끝으로 사라졌다.

'이거 참.'

나는 잠시 그 자리에 선 채 머리를 긁적였다.

'왠지, 방금 울 것 같은 얼굴이었는데.'

나는 이대로 사무실로 돌아갈까, 생각했다가 다시 몸을 돌려 김승연이 사라진 복도로 발걸음을 옮겼다.

'별수 없지.'

만약 그녀가 그저 시대만 잘 타고났을 뿐인, 얼굴만 예쁜 배우였다면 내버려 뒀겠지만.

막상 직접 본 김승연은 내가 품고 있던 선입견과 달리 진짜배기였다.

'이대로 보내긴 좀 아깝고.'

인연이란 건 또 언제 어떤 식으로 엮이게 될지 모르고, 만약 안형욱이 내 생각처럼 윤아름을 통해 우리 쪽에 접근하려는 의도였다면 좋건 싫건 김승연과 다시 엮이게 될지 모른다.

그리고 지금 김승연은 (조금 억울하지만)나를 꽤 원망하는 눈치였으므로, 이대로 앙금을 남기는 것은 별로 바람직하지 않다고 생각했다.

나는 그녀가 사라진 복도의 코너를 돌았다가, 김승연이 보이질 않는 것에 잠시 당황했다.

하지만 이내, 나는 그녀가 복도 코너 쪽에 주저앉아 훌쩍이는 걸 발견했고, 김승연은 흠칫하더니 마스카라가 번진 얼굴을 홱 돌렸다.

"뭐야!"

"아뇨, 그게."

나는 주머니에서 손수건을 꺼내 김승연에게 건넸다.

"이거 쓰세요."

"……."

김승연은 엉거주춤 일어서더니 내 손에서 손수건을 홱 낚아채곤 얼굴을 닦았다.

심지어 팽, 하고 코까지 풀었다.

"진짜 싫어."

김승연은 고개를 돌린 채 내게 축축한 손수건을 건넸다.

"자, 빌려줘서 고마워."

"아뇨. 뭘요. 손수건은 가지세요."

나는 김승연의 체액이 밴 손수건을 미소로 사양했지만, 김승연은 내 손목을 쥐더니 한사코 손수건을 내 손에 쥐어 주었다.

으엑. 축축해.

"됐거든. 보니까 비싼 거 같고."

그럴 거면 하다 못해 빨아서 주든가 하지.

'뭐, 우리가 언제 또 볼지 모를 사이란 것도 감안한 방어기제겠지만.'

결국 나는 차마 싫은 내색도 못 하고 손수건을 받아야 했다.

"추하지?"

화장 지워진 거? 그 정도야 뭐.

'원판 불변의 법칙이라는 것도 있고.'

김승연이 한숨을 내쉬었다.

"다 큰 어른이 애 앞에서 울기나 하고."

아, 그거 말인가.

나는 애써 위로의 말을 건넸다.

"······누나 눈물 연기는 티비에서 많이 봤는데요."

뱉고 보니 나도 이런 센스는 참 부족하구나 싶었다.

"연기랑은 다르잖아."

김승연이 입을 삐죽였다.

"나도 매번 예쁘게 우는 건 아니거든."

어쨌건 본인이 미인이란 걸 자각은 하는구나.

그래도 내 말에 진정이 된 걸까, 아니면 원래 감정 전환이 빠른 편인 걸까.

조금 냉정을 되찾은 김승연은 복도에 등을 기대며 담담히 입을 뗐다.

"아마 네가 한 말이 맞을 거야. 그 사람은 네 쪽에 줄을 대 보려고 윤아름을 끌어들인 거겠지."

"……."

"나, 그 사람이 너무 싫어."

김승연은 오늘이 초면인 내게 다짜고짜 하소연을 해 댔지만, 사실 누구라도 상관없었을 것이다.

아니 오히려 '그 누구도 아닌' 내 앞이라서 할 수 있는 말일 것이다.

"……그래도 내심 혹시나 했는데. 이번에는 나를 제대로 봐 주는 건가, 하고. 하지만 그럴 리가 없지. 원래 그런 인간 인걸."

김승연은 혼잣말을 하듯 중얼거리더니 나를 보았다.

"사실 그 사람, 내 아빠거든."

중간부터 혹시 그러지 않을까 하고 생각했는데, 역시나 그 랬다.

'아무튼…… 누가 그랬듯 이 바닥은 동물의 왕국이라니깐.'

김승연은 안형욱의 사생아였다.

폭탄 발언이라면 폭탄 발언일 내용에도 불구하고 내가 태연한 모습이자, 김승연은 김이 팍 새 버린 것처럼 나를 보았다.

"뭐야, 안 놀라는 걸 보니까, 알고 있었나 본데?"

"아뇨, 몰랐어요. 정말로."

"……흐응."

뭐, 짐작은 하고 있었지만 정말로 확신에 차 알고 있던 내용은 아니었다.

둘 다 대한민국에서 연기로나 카리스마로나 톱급인 인물들이니, 안형욱의 핏줄도 어디 가지는 않은 모양이라고 말하기엔 안형욱과 김승연은 닮은 구석을 찾을 수 없었으니까.

'아니면 발가락이 닮았나.'

다만, 그 전부터 나는 안형욱이라는 배우가 '지나칠 정도로' 사생활이 깨끗하다는 생각을 하곤 했다.

물론 모든 인물에겐 양면성이 있고, 사생활이 깨끗하다는 건 모범이 되었으면 되었지 결코 비난할 일은 아니지만, 안형욱의 깨끗한 사생활에선 뭐랄까, 일종의 결벽증마저 느껴지곤 해서였다.

'그러다 보니 젊을 때 실수로 김승연을 낳았다고 하는 것도 왠지 확 와닿지는 않고.'

안형욱이란 인물에 대해 아는 바는 얼마 없지만, 얼마 전까지 우리 사이에서 사생아 문제로 도마에 올랐던 박상대와 그는 근본적으로 다르다고 생각했다.

내가 이렇게 생각하는 건 박상대는 가면을 쓰더라도 자신의 욕망에 충실한 인간인 반면, 안형욱은 가면을 쓸 필요도 없이 태생부터 그런 것은 아닌가, 하는 느낌이 은막 너머로 언뜻 비치곤 했던 개인 감상이 깃든 까닭이다.

'차라리 한때의 실수로 김승연을 낳았다고 하면 오히려 인간적이란 느낌이 들 정도야.'

한편 김승연은 잠시 나를 물끄러미 쳐다보다가 고개를 저었다.

"처음 봤을 때 느낀 거지만, 너는 남들이랑 다르구나?"

"제가요?"

"최소한 내 주변 사람들이랑은. 그 사람들은 한심하게도 남의 개인사가 어떤지 필요 이상으로 궁금해하거든."

아무리 연예인이 인기와 유명세로 밥 벌어 먹고사는 직업이라지만, 한편으론 주변에 그런 하이에나들만 득시글거리는 인생도 피곤하긴 하겠구나 싶었다.

'게다가 내 기준에 사생아 하나둘 정도 있는 건 별로 막장이라 할 만한 일도 아니지.'

당장 이름만 대면 알 법한 대기업에서도 아랫도리 간수를 못 한 회장 첩의 아들이 어쩌고저쩌고하는 건 너무 공공연해서 뉴스감도 아니다.

하물며 불과 얼마 전만 하더라도 가까이, 형이 동생을 계획 살해하는 존속살해 범죄도 있었던 마당인데.

그것도 내 기준이 일반적이지 않다고 한다면 나도 할 말은 없다만.

김승연은 잠시 생각하더니 나를 보며 손바닥을 내밀었다.

"명색이 사장이랬으니까, 명함 있지?"

"아, 네."

"줘."

나는 주머니에서 명함을 꺼내 김승연에게 건넸고, 김승연은 한 차례 명함을 보더니, 핸드백에 찔러 넣었다.

"나중에 전화 걸면 받아."

아직 발신자 표시가 없는 시대인데?

그래도 내 앞에서 울음을 참는 것 같은 김승연의 얼굴을 보니 왠지 아무 말도 할 수가 없어서 고개만 끄덕였다.

"그럴게요."

"……그래."

김승연은 한숨을 내쉬고는 내 어깨를 툭툭 두드렸다.

"아무튼 오늘은 괜한 심술 부려서 미안했어."

다른 건 안 놀랐지만, 나는 김승연이 사과 같은 교양과 상식을 갖춘 행동을 했다는 것에 놀랐다.

"……그 표정은 뭐니?"

"제가 뭘요?"

김승연은 내가 시치미를 떼는 걸 보며 무어라 쏘아붙이려다가 픽 웃고 말았다.

"됐어. 다음에 또 보자."

또 보자니.

그녀는 그 말만을 남기고 아무런 일도 없었던 것처럼 태연하게 발걸음을 옮겨 엘리베이터 앞에 섰고, 나는 머리를 긁적이다가 고개를 꾸벅 숙인 뒤 몸을 돌렸다.

'흠, 그나저나 안형욱이랑 김승연 사이가 그렇단 말이지.'

결국 아니 땐 굴뚝에 연기 나랴는 말처럼, 안형욱이란 배우의 대외 이미지가 좋았던 탓에 묻힌 지라시 내용대로 김승연은 안형욱과 '모종의 관계'가 있었던 셈이었다.

'김승연이 기행 아닌 기행을 해 온 것도 전부 안형욱의 관심을 끌어 보기 위해서였다고 하면…… 그럴 수도 있으려나.'

그러다가 김승연은 어느 순간부터 자신이 뭘 하건 안형욱은 관심이 없다는 걸 깨닫고 나서부턴 그 관심을 끌기 위해 시작한 연기를 완전히 놓아 버린 것이리라.

'실제로 김승연은 인기를 얻기 전까진 치열하게 살아 왔어. 그러다가 인기를 얻고, 또래에선 따라올 사람이 없을 정도의 위치에 이르러선 사람이 바뀌었다는 둥, 본성이 그런 거라는 둥의 이야기가 나왔지.'

그야 김승연이 이 정도로 막 나가는 것에는 그녀의 원래 성격이 그렇단 것도 한몫 자리 잡고 있겠지만(아마 오늘 감독을 찾아온 것도 아무런 약속도 하지 않고 불쑥 나타난 것일 공산이 컸다), 끊임없이 자신의 위치를 확인하지 않고선 견디기 힘든 고독감도 있었을지 모른다.

'그 점을 잘 파고들면 우리 소속사로 끌어올 수도 있을 것 같기는 한데……'

굳이?

뭐, 김승연이 배우로서 어떻다는 것과 상품성이 충분하다는 건 나도 알지만, 나로서도 우리 소속사가 김승연처럼 까다로운 배우를 받아 그녀에게 휘둘리는 꼴은 별로 보고 싶지 않다.

'그렇게 목맬 것도 없고, 그녀가 어떤 인생을 살아가든 내 알 바도 아니니까.'

그녀가 혹시 마음가짐을 고쳐먹는다면 또 모를까.

'그래 봐야 원판이 있는데, 사람이 극적으로 변할 거란 생각은 안 들고.'

이런저런 생각을 하며 사무실로 돌아가는 도중, 핸드폰이 울렸다.

'뭐야, 설마 벌써 전화를 걸었나?'

나는 그렇게 생각하며 신중히 전화를 받았다.

"여보세요."

─사장님, 구봉팔입니다.

다행히(?)도 구봉팔이었다.

"아, 네. 안 그래도 아침에 전화를 걸었는데 받지 않으시더군요."

-그러셨습니까? 죄송합니다. 아침에는 제가 산에 있어서 핸드폰이 안 터진 모양입니다.

다른 사람도 아니고 구봉팔이 말하니 퍽 의미심장하게 들리는 말이었다.

-그런데, 오전에 전화를 주셨다니…… 강이찬에게 어제 일을 들으셨습니까?

강이찬에서 '씨'를 빼는 걸 보니, 어제 둘이서 나름대로 친해진 모양이다.

"예. 아, 어제 그 일은."

피차 일부러 주어를 생략해 가며 대화 중이기는 했지만, 나는 괜스레 주위를 둘러보았다.

"잘 해결되었습니까?"

-……나름대로요.

"그렇군요."

나는 전화로 '어제 습격한 놈들은 어떻게 했습니까' 대놓고 묻고 싶었지만, 공공장소여서 참았다.

"죄송합니다만 지금은 그 일로 논의할 상황이 아니어서요. 나중에 전화드리겠습니다."

-아, 실례했습니다.

"점심쯤에 전화하겠습니다."

구봉팔과 통화를 마친 나는 핸드폰을 주머니에 쑤셔 넣고 다시 발걸음을 옮겼다.

'딱히 의도하지 않았는데 오전부터 꽤 바쁜 하루군.'

사무실로 돌아와 보니 방금보단 확연히 달라진 공기가 피부에 와닿을 정도로 느껴졌다.

김승연이 나간 것으로 분위기가 화기애애해졌다는 수준은 아니었지만, 최소한 내가 추구하는 정적이고 사무적인 느낌은 물씬했다.

"잘 바래다주고 왔어요?"

백하윤은 내게 쓴웃음을 지으며 물었고, 나는 고개를 끄덕였다.

"네."

"그러면."

백하윤은 고개를 돌려 마동철을 보았다.

"추후 계약 문제나 스케줄 조율 등은 동철 씨 쪽이 맡아서 해 주세요."

"예, 대표님."

이어서 백하윤이 자리에서 일어섰다.

"성진 군, 저희는 이만 가 보죠. 아름 양은 여기서 일 보다가 동철 씨가 집에 바래다줄 테니까."

이미 이야기가 대강 정리된 모양인지 윤아름도 염려 말라는 듯 내게 고개를 끄덕여 보였다.

나와 강이찬, 백하윤 세 사람은 그들을 남겨 두고 사무실을 나섰다.

"……."

과묵한 강이찬이야 그렇다 치더라도, 백하윤 역시 방송국을 나올 때까지 아무런 말도 하지 않았다.

백하윤이 입을 뗀 건 강이찬이 차를 가지러 간 직후였다.

"괜히 말려들게 한 것 같아서 미안해요."

백하윤이 한숨을 내쉬었다.

"오늘 김승연 씨가 감독을 만나러 온 건 감독도 예상치 못한 갑작스러운 일이었다고 하더군요."

혹시 그렇지 않을까 했는데 역시 그랬군.

"아뇨, 괜찮습니다."

나는 진심을 담아 대답했다.

"오히려 나중에 일이 터지는 것보단 지금이라도 짚고 넘어갈 수 있어서 다행일 정도예요."

그렇다고 한들 나에겐 김승연의 땡깡으로 윤아름이 이번 드라마에 출연하지 못한단 리스크 정도뿐이지만.

백하윤은 내 말에 미소 띤 얼굴로 답했다.

"본받고 싶을 정도로 긍정적이군요."

순간적으로 비꼬는 건가, 하고 생각할 뻔했다.

"……혹시 일이 잘 안 됐나요?"

"아뇨. 성진 군에게는 좋은 이야기예요. 아름 양의 출연은 확정되었으니 형욱 씨도 출연하게 될 거고, 그러니 드라마의 초반 흥행도 어느 정도 보장된 셈이니까요."

그리고 백하윤은 잠시 뜸을 들였다가 신중하게 입을 뗐다.

"성진 군, 혹시…… 승연 씨에게 무슨 이야기 들은 거 없었나요?"

"글쎄요."

나는 담담히 백하윤의 말을 받았다.

"설령 있다고 해도 그건 선생님께 말씀드리면 안 될 거 같은데요."

"후후. 믿음직스럽군요."

백하윤이 웃었다.

"그래도 내가 보기엔 연락처 정도는 주고받은 거 같은데."

예리하군.

"……뭐, 그 누나가 제 명함을 가져가긴 했어요."

"그래요. 혹시 만나게 되거든 잘 대해 줘요. 저렇게 보여도 외로움을 많이 타는 성격이니까."

백하윤은 전부 자신의 손바닥 위에 있다는 듯 말했지만, 개인적으론 굳이 내 바쁜 시간을 쪼개 가면서 만날 필요는 없을 듯한데.

하지만 백하윤 앞에서 내 인격을 의심할 만한 이야기는 할 수 없었으므로 나는 묵묵히 고개만 끄덕여 주었다.

"그래도."

나는 생각난 김에 입을 뗐다.

"저희 어머니가 안형욱 씨 팬인데, 오늘 일을 알게 되면 좀 슬퍼하겠는데요."

"어머, 명선이가요?"

백하윤이 웃었다.

"그 아이도 참 한결같네요. 아니, 명선이 나이대에선 그 시절 안형욱 씨 팬이 되지 않는 게 힘들었겠어요."

백하윤이 말을 이었다.

"하지만…… 안형욱 씨는 승연 씨나 성진 군이 생각하는 것처럼 이상한 사람은 아니에요."

말하는 걸 보니, 백하윤은 내가 김승연과 안형욱 사이의 관계를 알고 있단 걸 전제하고 있었다.

그것도, 내가 안형욱이란 인물에 대해 자의적인 해석을 마친 것까지도.

"무슨 말씀인지 잘 모르겠습니다."

내가 연거푸 시치미를 떼니, 백하윤도 그쯤 해서 화제를 중단했다.

백하윤도 어쨌건 사람 없는 자리에서 남 이야기 떠드는 걸 별로 선호하는 성격은 아닌 것이다.

"차가 오는군요."

백하윤이 손에 든 클러치를 고쳐 들었다.

"그럴 일은 없다고 생각하지만, 오늘 있었던 일은 강이찬 씨가 다른 곳에 발설하지 않게 조심해 주세요."

"네, 그럴게요."

강이찬은 그 누구보다 입이 무거운 동시에 입장상 그 누구
보다 입이 가벼운 인물이지만, 안기부가 배우의 사생활이 어
떻단 걸 궁금해할 리는 없으니 그 부분만큼은 걱정하지 않아
도 될 것이다.

'게다가 지금은 그런 그도 안기부와 따로 움직이려는 중이
고.'

나만 하더라도 방금까지 전화로 사람을 죽이니 살리니 하
던 세계에 발을 걸치고 있어서일까, 국민배우의 숨겨 둔 사
생아가 현재 잘나가는 톱스타라는 것도 뭐가 어떠냐는 감상
뿐이다.

아마 오늘 있었던 이야기도, 누군가 먼저 나서지 않는 한
언급되는 일 없이 넘어갈 것이다.

"이제 CBS 방송국에 갈 차례죠?"

"네."

백하윤은 짧게 고개를 끄덕인 뒤, 강이찬이 멈춰 세운 차
뒷좌석에 올라탔다.

우리는 CBS로 향했다.

4장

여의도 부근엔 방송국이 '몰려 있다'.

그래서 사실상 우리가 나온 KBC 방송국과 지금 목적지인 CBS 방송국은 마음만 먹으면 걸어서 가도 될 정도로 가까워서, 오히려 택시를 타면 기본요금 정도밖에 나오지 않을 정도다.

그러니 KBC를 나와 CBS로 향하는 동안 우리끼리 할 이야기라고는 별로 많지 않았다.

'뭐, 정확히 말하자면 시간상으로 그렇다는 것보단 주제적으로도 할 말이 별로 없지.'

채한열이 부탁한 일은 이미 백하윤에게 말한 바 있었고, 내가 아는 바는 그게 전부였다.

그렇다고 해서 김승연에 대한 이야기를 계속하자니 백하윤은 아무래도—그녀 스스로는 크게 내색하지 않고 있으나—제3자인 강이찬을 의식하는 모양이어서 관련한 이야기를 이어 갈 수 없는 상황.

그래서 백하윤은 우리가 CBS로 향하는 짧은 사이, 해도 그만 안 해도 그만일 신변잡기적인 이야기만을 늘어놓았다.

"성진 군은 점심 약속이 있나요?"

"아, 그게. 점심 약속은 없지만 1시에 면접을 보기로 했거든요."

"면접? SJ컴퍼니에서도 드디어 공채를 시작하는 건가요?"

"하하, 그렇지는 않고요……. 선생님도 아시는 김민혁 씨가 개인 문제로 퇴사를 하게 되어서 그 대타를."

"흐음, 민혁 씨 대타라. 민혁 씨를 대체할 만한 인물은 찾기 어려웠을 거 같은데."

"간신히 수배했습니다. 그러잖아도 김민혁 씨가 소개한 분이기도 하고요."

"그래요?"

여기서 방송국 간의 거리가 더 되었더라면 나는 백하윤에게 그 사람이 곽성훈이라는 걸 말하게 되었을까.

우리 대화는 그쯤, 방송국에 도착하면서 자연스럽게 중단되었다.

그사이 채한열이 밑 준비를 마쳐 둔 걸까, CBS 방송국에서는 우리가 도착할 줄 알았다는 듯 로비에서 방문 목적을 듣자마자 안내원을 붙여 주었다.

"아, 혹시 SJ컴퍼니에서 오신……."

기다렸다는 듯 달려 나온 CBS 직원은 우리를 보자마자 멈칫했다.

"설마, 백하윤 선생님……."

이러나저러나 백하윤이 업계 유명 인사인 거 하나는 알아줘야겠군.

나야 채한열에게 전화로 백하윤에게 부탁한다고 말은 했지만, 그렇다고 백하윤이 짬을 내서 방송국에 오는 건 또 별개의 일이니 채한열도 백하윤의 방문까지는 부하에게 말하지 않은 모양이었다.

백하윤을 보고 당황한 직원은 허둥지둥 고개를 숙였다.

"죄송합니다, 이쪽으로 오시죠."

차에 남겠다는 강이찬을 제외한(강이찬도 그 자리에서 자신이 불청객이었음을 자각한 모양이었고, 본인부터가 이런 일에 별 흥미도 없는 모양이었는지 그가 먼저 선수를 쳤다) 백하윤과 나는 직원을 따라 복도를 걸었다.

"이런 누추한 곳에 선생님을 모시게 되어 송구스럽습니다만……."

우리를 퀴퀴한 편집실로 안내한 직원은 면목이 없다는 듯 말했지만, 나는 둘째 치고 백하윤은 별반 신경 쓰지 않는 눈치었다.

"괜찮아요. 오히려 제가 다닐 때보단 깨끗한 편인데요."

이게?

나는 창고라고 해도 믿을 거 같은 편집실 내부를 둘러보다가 고개를 저었다.

'방송국이란.'

어쨌건 내겐 '누추한 곳'이라는 직원의 말이 형식적인 체면치레로 보이질 않는데 말이지.

"비디오는 준비되었습니다. 지금 보시겠습니까?"

"그러죠."

백하윤은 사뭇 진지한 얼굴이 되었고, 나는 직원이 가져다준 의자에 앉아 백하윤과 함께 스크린을 보았다.

'그나저나 여기서 봐도 제대로 된 평가가 가능할까.'

명색이 '음악에 자질이 있는 꼬맹이'를 평가하는 곳인데, 무슨 홈 비디오도 아니고 비디오테이프로 열화 된 내용을 보는 것에 큰 의미가 없을 거라고 생각하는 찰나, 노이즈가 끝나고 화면이 시작되었다.

심지어 화면은 제대로 갖춘 장비가 아닌, 캠코더로 급하게 찍은 것처럼 보였다.

─자, 카메라 세팅 완료.

채한열의 목소리와 함께 초점이 조정되고, 화면은 정중앙의 예쁘장한 꼬맹이를 비췄다.

전해들은 대로 한성아와 이희진 사이의 연령대로 보이는 여자아이는 혼혈인 모양인지 검은 단발머리에 눈동자가 파랬다.

'귀엽게 생겼네. 이런 꼬마라면 바이올린을 어느 정도만 해도 방송국이 원하는 상품성은 충분하겠어…… 흠?'

순간, 화면 속 여자애는 왠지 모르게, 내가 분별하기 힘든 어린아이의 이목구비임에도 불구하고 어디서 본 것 같단 느낌이 들었다.

'어디서 봤지? 이런 특징적인 용모라면 아무리 이 분야에 관심이 없다고는 해도 모르기 힘들 거 같은데.'

아무리 이목구비가 채 갖춰지지 않은 어린애라고는 하지만, 검은 머리에 파란 눈이란 특징적인 용모라면 성인이 되어서도 그 특징만으로도 기억에 남을 정도일 터.

'……성인이 되어서는 렌즈를 꼈나?'

그럴지도.

아니면, 외국인 중에는 나이가 들면서 눈동자 색이 변하는 케이스도 있다고 하니 그런 경우로 봐야 할지…….

─그러면 크리스? 준비되는 대로 시작하자.

나는 화면에 나온 채한열의 목소리에 퍼뜩 정신을 차렸다.

'아니, 지금은 저 꼬마에게 재능이 있는지 없는지 알아보는 것이 먼저지.'

백하윤은 공과 사 구분이 뚜렷한 사람이다.

아무리 한 다리 건넌 지인의 요청이라고는 하지만 외교부에 부탁하는 일은 그녀로서도 다소 번거로운 일.

만약 저 '용모가 예쁘장한' 여자애가 단순히 '조숙한 실력'을 뽐낼 수준에 그칠 뿐이라면 방송국 입장과 별개로 채한열의 요청을 받아들이지 않을 여지도 충분했다.

'나야, 무산되더라도 그뿐이기는 하지만.'

개인적으로는, 개인적인 의미로 이 여자애에게 관심이 가는 터여서 되도록 백하윤이 좋게 평가해 주길 바라는 중이지만.

여자애는 채한열의 말에 고개를 끄덕이곤, 들고 있던 바이올린을 목덜미 사이에 끼웠다.

연주가 시작되었다.

'……허어?'

여자애가 켠 것은 브람스의 헝가리 무곡 5번.

연주자의 기교를 알리는 곡 중 둘째가라면 서러워할 난이도를 요구하는 곡으로, 강렬한 도입부와 섬세하면서 유머러스한 중반부, 그 둘을 한데 섞은 듯한 후반부를 살리는 것이 관건인 곡이다.

그래서 헝가리 무곡 5번은 많은 바이올리니스트들이 연주회에서 자신의 기량을 뽐내기 위해 택하곤 하는 곡이었다.

'곡 선정은 잘했군. 도입부도 좋고.'

내 경우, 내 입으로 이런 말을 하긴 뭣하지만 바이올린 실력과 듣는 귀는 별개인 인간이다.

애당초 내 실력이 어느 정도라는 것도 나 스스로는 자각하지 못한 채 외부의 평가만으로 '아, 나 좀 하는 듯?' 하고 생각하는 수준이어서, 바이올린을 잘하고 못하는 실력의 기준은 나를 기준으로 삼기 마련이었다.

최근에야 백하윤 등등에 시달리며 '좋은 연주'란 무엇인지 막연한 느낌이 올 정도지만, 막귀라면 막귀인 내 귀에도, 그리고—채한열은 그 나름대로 신경을 기울인 모양이지만—열화 된 캠코더 내장 녹음 장비로 듣기에도 여자애의 실력은 '진짜배기'로 들렸다.

'채한열이 국제전화를 해 가며, 지금도 밤을 새워 가며 연락을 기다리는 이유를 조금 알 것 같은걸.'

시쳇말로 이건 대박이다.

백하윤이 안 한다고 하면 내가 갖은 수를 써서라도 데려와 상품화하고 싶을 정도다.

'게다가 실력뿐만 아니라……'

역변이니 정변이니 하는 말이 있는 만큼, 어릴 적 귀여웠던 아이가 커서도 미남미녀로 자란단 보장은 없지만 이 아이는 왠지 커서도 미녀로 자랄 것 같다.

속물적이긴 하나 이 바닥에서 외모는 중요하다.

예체능계에선 뛰어난 실력을 갖춰도 타고난 용모가 받쳐

주지 않는다면 스폰서가 붙질 않고, 어중간한 실력만 갖춘 상태여도 용모가 받쳐 준다면 스폰서가 줄을 선다.

그런 의미에서 영상 속 여자아이는 상장만 하면 곧장 주가를 올릴 만하다.

'어릴 때부터 두각을 나타내는 미소녀 천재 바이올리니스트. 식상하다면 식상하지만 이 정도로 캐치프레이즈가 잘 맞아떨어지는 케이스도 없어.'

그나저나 백하윤은 어떻게 생각하고 있으려나?

나 같은 아마추어가 듣기에도, 심지어 '클래식에 조예가 없는' 채한열이 듣기에도 '이건 된다'고 확신할 정도이니, 재능 있는 신인을 아끼다 못해 사랑할 정도인 그녀라면 응당 반응을 보일 터.

연주는 아직 중반이지만 아마 백하윤도 마음속에선 결론을 내놓았을 것이다.

나는 힐끗 백하윤을 살폈다.

'역시! ……라고 하기에는 조금 이상한데.'

백하윤은 눈 한 번 깜빡이지 않은 채 영상을 바라보고 있었다.

그뿐이라면 백하윤이 이 영상 속 여자애에게 홀딱 빠졌다고 말할 수 있겠지만, 그간 백하윤을 곁에서 지켜본 바, 지금 그녀의 냉정함은 이상하리만치 느껴질 정도였다.

'프로가 듣는 건 다른가?'

나는 내심 조마조마했지만, 이미 내 마음속에선 백하윤이 도와주지 않더라도 내가 손을 써야겠단 생각을 하는 중이었기에 무표정한 얼굴의 백하윤을 보는 내 기분은 불안 반 기대 반인 상황이었다.

'……과연 백하윤은 어떻게 나올까.'

이윽고 연주가 끝났다.

여자애는 고개를 꾸벅 숙인 뒤 심드렁한 얼굴로 입을 뗐다.

―이거면 됐죠?

심지어 한국말도 유창하네.

음, 여기에 한국어 패치까지 완료되었다면 게임 끝이지.

―그래, 수고했어.

채한열은 앞으로 나와 캠코더를 껐고, 그걸로 영상이 종료되었다.

"……."

직원이 눈치를 살피며 비디오테이프를 꺼내는 동안, 백하윤은 팔짱을 낀 채 곰곰이 생각에 잠겨 있었다.

'뭐라고 말 좀 해 보지.'

결국 내가 먼저 말을 붙였다.

"어때요, 선생님?"

"……응? 아아."

백하윤은 뒤늦게 내 말을 받더니 고개를 돌려 나를 보았다.

"성진 군이 보기에는요?"

"잘하는데요."

나로서는 그 말밖에는 할 수 없다.

"한국에 들어올 수만 있다면 지금 당장이라도 섭외 경쟁이 치열할 거 같아요."

그뿐이랴, 이 여자애의 존재가 알려진다면 엔터테인먼트 산업의 본고장인 미국에서도 앞다퉈 가며 데려가려 할 것이다.

오히려 이 여자애의 존재를 먼저 눈치챈 지금이 아니고선 늦다.

"……성진 군도 그렇게 봤군요."

백하윤은 담담하게 대답하더니 자리에서 일어서며 핸드폰을 꺼냈다.

"성진 군, 채한열 씨 전화번호 좀 알려 줄래요?"

"예? 아, 물론이죠."

나는 (기억도 하고 있지만 일부러)수첩을 꺼내 채한열의 사무실 연락처를 백하윤에게 보여 주었다.

"고마워요."

백하윤은 수첩을 꺼내 전화번호를 옮겨 적은 뒤 핸드폰 기판을 누르며 편집실을 나갔다.

'음, 이걸로 잘된…… 건가?'

나도 이 상황에서는 차마 따라가서 통화 내용을 엿들을 수 없어서, 그 자리에 있던 직원을 보았다.

"좋아하시는 거 같죠?"

"응? 아, 으음. 그런⋯⋯가요?"

직원이 머리를 긁적였다.

"제가 보기에는 화가 나신 거 같은데요."

"⋯⋯화?"

"아, 아뇨. 저는 선생님을 잘 모르니까 방금 한 말은 잊어주세요, 하하."

흠, 화가 났다라.

저런 연주를 듣고도 화가 난다니.

'이해할 수가 없네.'

아마, 직원이 잘못 본 거겠지.

'그나저나.'

나는 직원을 보았다.

"저, 괜찮다면 비디오 한 번 더 볼 수 있을까요?"

"아, 네. 물론입니다. 바로 되감기 할게요."

되감기라.

'하긴 비디오니까.'

나는 직원에게 미소 띤 얼굴로 감사를 표한 뒤 다시 비디오를 보았다.

'아무튼 저 여자애.'

나는 연주보다도 저 여자애를 주목했다.

'어디서 본 거 같은데, 도대체 어디였지?'

어린 나이에 두각을 나타낸 미소녀 바이올리니스트.

나는 지금 그 존재 자체에 위화감을 느끼는 중이었다.

'왜냐면…… 전생의 이 시기에는 저런 애가 없었으니까.'

만약 있다고 한다면, 아무리 클래식계에 문외한이었던 나라도 이래저래 이성진을 따라 다니며 주워들은 게 있을 텐데 모를 리가 없을 터.

'전생과 달리 채한열이 미국으로 가면서 뭔가가 바뀐 건가?'

아니 그런 식으로 치부하기엔, 저 여자애의 존재는 주머니 속의 송곳이다.

그러니 저런 실력이라면 굳이 채한열이 아니더라도 언젠가는 사람들 눈에 띄었을 것이 분명했다.

'그런 의미에서라도 저 여자애를 꼭 한번 만나 봤으면 좋겠군.'

그렇게 꼬마가 나오는 비디오를 세 번째 돌려 보던 나는 문득 백하윤의 통화가 꽤 길어진다고 생각했다.

'국제통화를, 그것도 핸드폰으로 저렇게 오래하면 전화비가 장난 아닐 거 같은데.'

그런 생각을 떠올리고 마는 걸 보면 나도 아직 뼛속은 서민인 모양이다.

'무슨 일 있나?'

아직 다소 여유는 있지만, 슬슬 백하윤에게 내 선약을 핑계로 말을 걸어 볼까 생각한 바를 행동으로 옮기려던 찰나 편집실 문이 열렸다.

"미안해요. 통화가 조금 길었죠?"

"아니에요, 선생님."

백하윤은 짧게 고개를 끄덕이곤 직원을 보았다.

"윤선 씨라고 했던가요?"

왠지 그럴 경황이 없어 서로 소개는 하지 않았음에도 백하윤은 직원의 이름을 알고 있었다.

'채한열한테 들었나.'

어쨌건 직원은 백하윤이 자신의 이름을 말해 준다는 것에 감읍하며 얼른 대답했다.

"아, 네. 선생님."

"윤선 씨, 괜찮으면 방금 본 비디오 녹화본 저한테 하나 줄 수 있어요?"

"예? 그게……."

"채한열 차장님께 허락은 받았어요. 괜찮죠?"

채한열의 이름이 언급되니 직원은 고개를 끄덕였다.

"아, 예. 그러시다면……."

직원은 녹화한 비디오테이프를 찾아 백하윤에게 공손히 건넸다.

"여기 있습니다."

"고마워요."

비디오테이프를 받아 든 백하윤은 고개를 돌려 나를 보았다.

"성진 군, 오늘 고마웠어요."

응?

'이대로 작별하자는 건가?'

뭐, 용건이 끝났다면 끝났다고 볼 수도 있는 일이기는 하지만 백하윤이라면 나와 따로 점심시간을 내 가며 오늘 있었던 일을 정리할 거라고 생각했기에 의외라면 의외였다.

'바이올린 신동은 마음에 들어 하는 거 같긴 한데…… 그 일로 바빠진 모양이군.'

나는 속으로 그렇게 생각하면서 미소를 지었다.

"아뇨, 저야말로 선생님께 어려운 부탁을 드린 거 같아서 죄송할 따름이죠."

"……아니에요. 그러면 성진 군, 다음에 또 봐요."

백하윤은 그 말만 남기고는 우리에게 살짝 고개를 숙여 보인 뒤 어디론가 휭 하고 가 버렸다.

그런 백하윤의 뒷모습을 보며 직원과 단둘이 남겨진 나는 머리를 긁적였다.

'이거 원, 폭풍 같네.'

나는 영상 속 일시 정지 상태의 여자애를 힐끗 쳐다보다가 나와 마찬가지로 어색하게 서 있는 직원에게 말을 건넸다.

"음, 고생하셨어요."

"아, 아뇨. 아닙니다."

직원은 하하, 하고 웃곤 조심스레 나를 보았다.

"저, 근데 혹시…… SJ컴퍼니 사장님이신가요?"

"네?"

"아, 그게요. 차장님께 들었거든요."

직원은 괜히 겸연쩍어하며 말을 이었다.

"SJ컴퍼니 사장님이 차장님 따님 학교 후배라고요. 그래서 혹시 본인이신가 하고."

"……아, 예."

이래서야 잡아 뗄 수도 없겠군.

"맞습니다. 사장인 이성진이라고 합니다."

그나저나 그 아저씨는 부하 직원한테 뭔 이야기를 하고 다니는 건지.

내가 소개하며 손을 내밀자 직원은 반색하며 내 손을 맞잡았다.

"역시! 아, 소개가 늦었죠. 보도국 김윤선 대리입니다."

마치 은인을 보는 듯한 눈빛에 되레 내 쪽이 조금 당황했다.

"어, 음, 무슨 일 있으신가요?"

"아뇨, 실은…… 저, 성수대교 부실 공사 탐사 보도 팀이었거든요.”

“……아.”

그 말에 나는 생면부지의 직원이 내게 감사를 표하는 이유를 짐작할 수 있었다.

2년 전 내가 채한열과 접촉할 당시, 유상훈은 내게 이런 조사 보고를 올린 적이 있었다.

「동화건설 측이 언론 노조를 통해 채한열을 압박하려는 듯한 움직임이 보였습니다. CBS 측에서도 당시 보도에 나섰던 채한열의 팀에 인사 개편을 감행하려는 거 같더군요. 그쪽 분위기가 뒤숭숭합니다.」

'즉, 눈앞의 직원은 그 당시 생길 뻔했던 보복성 인사 조치를 피해 간 사람 중 한 명이라는 건가.'

그야말로 나로서는 상대방에게 의도치 않게 은혜를 베푼 셈이었다.

딱히 세상을 바르게 만들자는 의도도 아니었고, 그때 벌어질 참사로 애꿎은 희생자를 방지하고자 하는 숭고한 목적으로 한 일도 아니었다.

당시 나로서는 그게 '이득'이 된다고 판단해 했던 일이었던 데다가, 그 일을 들춘 건 실제로도 삼광 그룹의 이득으로 이어졌다.

'나도 겸사겸사 이런저런 부동산 시세 차익을 얻었고, 이휘철도 기뻐했지.'

그래도 상대방이 멋대로 내게 은혜를 느끼고 있다는데 일부러 초를 칠 생각까진 없었다.

"그러셨군요."

내가 미소 띤 얼굴로 대답하니, 자신을 김윤선 대리라 소개한 직원은 싱글벙글 웃었다.

"그때는 정말이지……. 차장님께 들었거든요. SJ컴퍼니의 이성진 사장님께 도움을 받았다고요."

볼일도 마쳤겠다, 나는 그녀의 말에 적당히 맞장구를 쳐주며 슬슬 돌아갈 채비를 했다.

"하하, 도움이라뇨. 차장님이 과장하셨나 보네요."

"에이, 차장님이 그러실 분은 아니잖아요. 제가 얼마나……."

그녀는 거기까지 말하곤 아차 하더니 겸연쩍어하며 뺨을 긁적였다.

"아, 음, 신경 쓰지 마세요."

"……아, 예."

거기서 퍼뜩 생각났다.

「불륜 상대가 조강지처보다 용모가 뛰어난 경우는 거의 없거든요.」

나는 괜스레 연이어 생각난 내용을 머릿속에서 떨치며 새삼 그녀를 보았다.

'혹시, 내가 생각했던 것과 달리 전생에 있었던 채한열의 불륜 상대는 심수진 아나운서가 아니라, 여기 있는 김윤선 대리였나?'

거참, 사람 일이란 표면만 보고 판단할 수 없는 것임에도 불구하고 나도 모르게 섣불리 생각할 뻔했다.

'그렇다고 심수진이 채한열을 흠모하는 것처럼 보인 것도 딱히 착각은 아니었던 거 같은데……. 인기남이구먼, 채한열 씨.'

하긴, 채한열이 '개인적인' 부탁을 할 정도로 신뢰하는 후배인 데다가 생사고락을 함께했다면, 그럴 수도 있겠다.

'게다가 내 이야기까지 시시콜콜 늘어놓은 걸 보면 채한열도 그녀를 퍽 신뢰하는 모양이군.'

그리고 그 일이 소문으로 번지지 않은 걸 보면 김윤선이란 사람도 입이 꽤 무겁구나, 생각했다.

'그나저나 이렇게 되면 나는 본의 아니게 김윤선 대리의 행복(?)을 뺏은 원수가 되는 건가?'

뭐, 불륜이지만.

'어차피 본인도 전생에 채한열과 그렇고 그런 사이로 발전해 이혼 가정을 만들었단 것은 꿈에도 생각 못 할 거고.'

그래도 그렇게 생각했더니 왠지 이 자리에 있는 것이 불편해져서, 나는 적당한 구실을 대고 자리를 떠나고 싶어졌다.

"흠, 흠. 저, 그러면……."

"아, 죄송해요. 바쁜 분이라는 이야기도 들었는데."

그녀는 그녀대로 방금 전 자신이 저지를 뻔한 말실수를 자각하곤 멋쩍어했다.

"저, 사장님도 비디오테이프, 가져가실 거죠?"

그 말에 나는 내심 멈칫했다.

'그러게, 저쪽이 주겠다는데 내가 안 받아 갈 이유는 없군.'

나는 조금 당황한 속내를 내색하지 않으며 고개를 끄덕였다.

"네."

"잠시만 기다려 주세요. 바로 카피해 드릴게요."

그녀는 능숙한 동작으로 비디오를 꺼내 복사를 뜨기 시작했다.

'이거 참, 사람 인연이라는 건 언제 어디서 어떻게 찾아올지 모른다더니.'

백하윤이 지금 무슨 생각을 하고 움직이는지는 모르겠지만, 나는 나대로 이 상황을 한 발자국 물러서서 지켜보기로 했다.

나는 김윤선이 챙겨 준 비디오테이프를 가지고 강이찬이

기다리는 차로 향했다.

"오셨습니까."

"네. 아, 백하윤 선생님은 다른 일이 있다며 따로 가셨어요."

"그러셨군요."

강이찬은 그러면 따로 기다릴 필요가 없겠다는 듯한 감상만으로 뒷좌석 문을 열어 주었다.

"죄송해요, 아침부터 번잡하게 해서."

"아닙니다. 신경 쓰지 마십시오."

그렇게 말하는 강이찬은 보통의 경우라면 평생 술안주로 풀 만한 사건인 김승연을 만난 일도 대수롭지 않게 여기고 있는 것이 분명했다.

'부하로서 믿음직스러운 것과는 별개로…… 재미는 없는 인물이야.'

아마, 친구도 없을 거 같다.

'뭐, 지금은 나도 딱히 남 말할 처지는 아니긴 한데.'

그런 시시한 생각을 떠올리고 있으려니 운전석에 앉은 강이찬이 내게 물었다.

"회사로 모실까요?"

"음……. 아뇨."

이대로 회사로 가려던 나는 문득 생각난 바가 있어서 강이찬에게 물었다.

"강이찬 씨, 여기서 새마음아동복지재단은 먼가요?"

"……마포대교를 타고 올라가면 그렇게 오래 걸리지는 않습니다만, 아무래도 강북이라 회사까지 시간 맞추기는 힘들지도 모릅니다."

하긴, 그것도 그렇겠군.

"알겠습니다. 그럼 일단 구봉팔 씨 스케줄을 확인해 보죠."

나는 그 자리에서 핸드폰을 꺼내 구봉팔에게 전화를 걸었다.

몇 차례 신호음이 가고 얼마 안 되서 구봉팔이 전화를 받았다.

—여보세요.

"이사님, 이성진입니다."

—아, 예. 사장님.

"저 지금 여의도에 있는데, 조금 이르지만 식사나 함께하시죠."

구봉팔은 즉각 대답했다.

—알겠습니다. 곧장 가겠습니다.

내게 전화를 걸 정도였으니, 그도 내게 '상담'하고 싶은 일이 있을 것이다.

"좋습니다. 식당은 제 쪽에서 수배해 보겠습니다."

나는 구봉팔과 짧은 통화를 마친 뒤, 이번엔 전예은에게 전화를 걸었다.

-네, SJ컴퍼니입니다. 무엇을 도와드릴까요?

"아, 예은 씨. 접니다. 이성진."

-네, 사장님.

"아, 예. 다름이 아니라 여의도 부근에서 점심을 먹고 들어가려 하는데 어디 조용하고 괜찮은 식당 있어요?"

-⋯⋯식당 말씀이신가요?

수화기 너머 전예은은 당황했다.

-어, 음, 그게⋯⋯.

나도 말하고 보니 깨달았다.

'아참, 이 시대엔 맛집을 찾아보는 것도 어려운 시대였지.'

아직도 근미래 사고방식의 물이 덜 빠진 걸 보면 나도 오죽하구나 싶었다.

"아뇨, 죄송합니다. 신경 쓰지 마세요."

-아닙니다. 여의도라고 하셨죠? 여의도는 아니지만 근처에 평가가 좋은 식당이 있거든요.

의외로 전예은은 잠시 당황한 것치곤 시원시원한 대답을 내놓았다.

"그래요?"

-네. ⋯⋯아, 사장님, 혹시 격식을 갖춰야 하는 식사인가요?

격식이라.

"아뇨, 강이찬 씨와 함께 먹고 들어가려고요."

구봉팔도 올 거란 사실은 일부러 감췄다.

─아, 그러시다면…… 마포구 쪽에 곱창전골을 맛있게 하는 집이 있다고 들었어요. 곱창전골이라도 괜찮으신가요?

전예은은 새삼 내가 재벌가 도련님이란 사실과 더불어 내가 그런 서민적인 요리와 거리가 멀지 않을까 하는 우려를 덧붙였지만.

따지자면 나부터가 서민 입맛이고, 대중식당에 가 본 지 한참 되었단 생각이라 전예은의 제안이 내심 반가웠다.

게다가 곱창전골이라니, 이번 생에는 먹어 본 적 없는 메뉴였다.

"좋네요. 그러면 소개해 주세요."

─알겠습니다. 그러니까, 주소와 상호명이…….

나는 전예은에게 내용을 전달받은 뒤, 유능한 비서를 둔 것에 흡족해하며 통화를 마쳤다.

나는 재차 구봉팔에게 전화를 걸어 장소를 말한 뒤, 강이찬에게 차를 출발하도록 명했다.

"……그쪽으로 가십니까?"

"네."

그러고 보니까 나름대로 호불호가 갈리는 음식인데 강이찬의 의견을 안 들었군.

"강이찬 씨, 곱창전골 괜찮아요?"

"저는 가리는 것 없이 아무거나 잘 먹습니다."

"그러면 잘됐네요. 저는 꽤 좋아하거든요."

강이찬은 잠시 머뭇거리더니 이내 고개를 저었다.

"알겠습니다. 그럼 출발하겠습니다."

그러고 강이찬은 묵묵히 차를 몰았다.

'그나저나 곱창전골이라. 오랜만이겠는걸.'

여기에 소주까지 곁들이면 더할 나위 없겠지만, 그건 참아야겠지.

'그나저나 전예은이 그런 곳은 어떻게 알았대.'

달짝지근한 걸 좋아하는 줄 알았더니 곱창전골 맛집도 알고.

'애들한테는 아직 이를 텐데 말이야.'

그래도 거기서 곧장 추천할 만한 맛집을 떠올려서 알려 준걸 보면 전예은이 기특하긴 했다.

'정말이지, 유능한 비서가 있으면 고용주의 삶이 윤택해진다니까.'

그리고 마포대교를 지나 전예은이 알려 준 식당에 도착할 즈음, 나는 방금 전 생각을 후회했다.

'⋯⋯여긴 광수대 본부 근처잖아?'

그러면 그렇지, 전예은이 그 이야길 누구에게 들었겠어.

'강하윤한테 들었거나 읽어 냈겠지. 둘은 꽤 친하니까.'

왠지 주소를 들은 강이찬이 조금 당황하더라니, 다 이유가 있었다.

하필이면 적진(?) 한가운데 있는 가게를 추천하다니.

아니, 경찰들이 딱히 내 적이라는 건 아니지만, 문제는 구봉팔의 존재였다.

물론 구봉팔도 지금은 표면상 법에 위배되지 않는 생활을 하고 있다.

그러나 구봉팔은 한때나마 박길태 살해 용의자로 지목되었던 만큼, 경찰의 안테나가 그를 향하지 않으리란 보장도 없는 데다가 바로 어젯밤, 그는 강이찬과 함께 불의의 기습을 당한 입장이었다.

'그런 의미에서 구봉팔도 본질은 음지의 인간이라고 할 수 있지.'

하물며 양상춘에게 듣기로 나는 비공식적으로 조설훈의 죽음에 관여했을지 모른단 혐의가 가해져 있는 상황.

어디 내놓아도 모범 시민이라 불릴 내가 구봉팔과 식사를 함께하는 모습을 누군가가 보기라도 한다면 경찰 측은 공연히 이쪽을 의심할 여지가…….

'……생각이 너무 과한가.'

아닌 말로 암만 여기가 광수대 근처라고는 하지만, 구봉팔의 얼굴을 제대로 알고 있는 경찰은 얼마 되지 않을 것이다.

'내 얼굴을 아는 사람은 꽤 되지만.'

아무리 돌다리도 두들겨 보고 건너는 게 내 신조라지만, 나는 지금 쓸데없을 정도의 신중함을 발휘하려 하는 중이었다.

'그리고 나에 대한 오해는 이미 말끔히 씻어 낸 데다가……
혹시 아는 사람을 만나더라도 구봉팔과 동석하는 게 어디까
지나 비즈니스적인 차원이라고 설명할 자신도 있고.'

애당초 전예은이 이 가게를 추천한 것도 악의가 있어서는
아니었다.

그녀는 그녀 나름대로 최선을 다해 여의도 인근 식당을 추
천했을 뿐이었고, 그녀로서는 나와 강이찬이 식사를 맛있게
하길 바라는 마음뿐이었을 것이다.

'아마 나도 모르게 전생에 경찰을 기피하던 습관이 남은 모
양이지.'

나도 참 싱겁기는.

나는 가게 입구 앞에 선 내 곁의 강이찬을 보며 미소 지었
다.

"들어가죠."

"예."

가게에 들어서니, 가게 바깥까지 풍기던 맵싸하고 약간은
쿰쿰한 전골 냄새가 가게 가득 훅하고 풍겨 왔다.

주인은 웬 꼬마가 대낮부터 곱창전골집에 들어온 게 신기
했는지 꽤 호기심 어린 얼굴로 나를 보긴 했지만, 손님이 몰
려들기 시작할 무렵이어서 그런지 단순한 호기심 이상의 관
심을 보이진 않았다.

"세 사람인데, 안쪽 방으로 안내해 주실 수 있나요? 일행

은 곧 합류할 거예요."

"그럼, 저어기 방에 들어가."

"감사합니다."

나는 강이찬을 대동하고 곱창전골집 안쪽 방으로 들어갔
다.

오래된 가게 특유의 노란 장판과 촌스러운 벽지, 아직도
영 적응되지 않는 이 시대의 물가를 반영한 가격표가 붙은
메뉴판, 맥주 광고 포스터의 비키니를 입은 모델이 우리를
방 안에서 반겨 주었다.

방음은 기대할 수 없었고, 심지어 내 뒤편에는 미닫이문
하나가 다른 방을 가로막고 있는 정도여서 내밀한 이야기는
주고받기 힘들 것 같았지만, 역으로 방 안쪽까지 들려오는
주방 소음으로 짐작건대 손님이 몰려들면 그 소음이 차단막
역할을 해 줄 것이란 생각을 하게 했다.

우리가 마수걸이는 아니었지만, 손님이 몰려들기 직전에
미리 주문을 받아 두고 싶었는지, 바닥에 엉덩이를 붙이자마
자 파마머리의 종업원이 물수건과 물을 가지고 주문을 받으
러 왔다.

"세 사람이면 곱창전골 삼 인분이지라?"

"예, 그렇게 해 주십시오."

강이찬이 나를 대신해 대답했고, 종업원은 고개를 끄덕이
곤 문을 닫았다.

물수건으로 손을 닦고 있으려니 강이찬이 컵에 물을 따라 내 앞에 놓으며 입을 뗐다.

"이런 말씀을 드리긴 조금 죄송합니다만, 사장님께서 이 가게를 고르신 것에는 여러모로 놀랐습니다."

강이찬 역시도 나와 비슷한 생각인 모양이었지만, 그는 내가 일부러 이 가게를 고른 것이라 생각하는 모양이어서 나는 속내를 감췄다.

"그래요?"

"예. 우선…… 사장님은 이런 가게와 인연이 없을 거라고 생각했거든요."

아, 그 부분부터인가.

"하하, 설마 강이찬 씨도 제가 매일 스테이크나 썰고 다닌다고 생각하세요?"

"아뇨, 그렇지는 않습니다만……."

말은 그렇게 했지만 뭐, 강이찬의 추측도 틀리진 않을 것이다.

이 몸의 원래 주인인 이성진은 실제로도 '서민적인 식당'과 인연이 없던 인물이었으니까.

반면, 이태석은 수업의 일환으로라도 이런 서민적인 가게에 한두 번 가 본 적이 있을 것이다.

'그게 이휘철의 지론이었지.'

전생의 이성진을 보아선 상상하기 힘든 일이지만, 이휘철은 재벌가 사람이 가지고 있는 모종의 특권 의식을 의식해서라도 내려놓고자 하는 인물이었다.

이휘철은 '우리는 평균 소득을 거두는 사람들을 상대로 장사하는 장사치이니, 그 생을 몰라서는 안 된다'고 생각하는 쪽이었다.

그것도 그 모종의 특권 의식에서 말미암은 오만함이 깃든 사고방식이라고 한다면 할 말은 없지만, 다른 졸부들처럼 계층을 분리하고 벽을 세우는 것보단 낫다고 생각한다.

'그런데도 이성진이 그런 개망나니로 자란 건, 이휘철이 너무 일찍 죽어서 그 후계자 교육을 시작하기 전이어서일까.'

이태석은 집에서 얼굴 보기도 힘든 사람이고, 사모는 사모대로 사랑만 할 줄 알지 혼은 낼 줄 모르는 사람이니까.

'그 자식에 대한 사랑이라는 것도 막상 겪어 본 바로는 과할 정도였으니, 이성진이 사모를 의식해 피해 다닌 것도 영이해 안 가는 바는 아니고.'

그런 의미에서 나는 밝고 명랑한 사모를 인간 개인으로는 좋아하는 편이었지만 내심 부모로서는 바람직하지 않은 인물이라고 평가하고 있었다.

'……이성진이 다른 환경에서 자랐다면, 전혀 다른 인간이 되었을까.'

문득 그런 생각을 떠올렸다가 곧 쓸데없는 가정임을 깨닫고는 생각을 고이 접어 의식 구석으로 치워 버렸다.

'나도 왜 갑자기 이성진 같은 놈을 떠올린 건지.'

나는 지금껏 생각한 바를 내색하지 않으려 애쓰며 강이찬과의 대화를 이어 갔다.

"뭐 어때요. 예은 씨가 추천한 곳이니까 맛있게 먹고 가면 되죠."

"음……. 예. 그렇기는 합니다."

강이찬이 목소리를 낮추며 말을 이었다.

"그런데 아무래도 장소가 장소이니, 어제 있었던 일을 논의하기에는 조심스러울 것 같긴 합니다."

"그렇기는 합니다만…… 그건 어디에서나 마찬가지일 테니까요. 차라리 나무를 숨기려면 숲으로 가랬다고, 맛집으로 소문난 곳의 번잡함이 소리를 숨겨 줄 수도 있지 않겠습니까?"

나 스스로도 궤변이라고 생각했지만, 강이찬은 내가 이 장소를 고른 것에 달리 그럴 만한 이유가 있으려니 생각하는 눈치였다.

'실은 그냥 단순히 일이 꼬인 것에 불과한데.'

잠시 그러고 있으려니 드르륵, 문이 열렸다.

빠르게 나온 걸 보니, 식당은 점심 시간대를 대비해 미리 음식을 세팅해 두고 손님이 오면 바로 내가는 방식인 모양이다.

주인은 버너에 불을 넣은 뒤 물러났다.

"잘 익혀 드쇼잉."

"감사합니다."

곱창전골의 맵싸한 향이 방 안에 가득 퍼졌다.

먹음직스럽게 보글보글 끓어오르는 냄비를 보던 강이찬은 문득 픽 하고 웃었다.

"아, 죄송합니다."

강이찬이 뜬금없이 사과했다.

"생각해 보니 사장님과 단둘이서 식당에 온 게 처음인 것 같아서 말입니다."

"……그랬던가요?"

"예."

생각해 보면 그랬다.

강이찬은 꽤 적지 않은 시간 내 곁을 붙어 다녔음에도 불구하고 나는 그에 대해 아는 바도, 그가 지적했듯 단둘이 식사를 한 적도 없었다.

굳이 변명하자면 나는 한동안 강이찬을 경계했고, 강이찬 역시 내가 자신을 경계하고 있다는 걸 인지하고 있었기 때문에 우리 사이엔 기묘한, 적과의 동침 같은 경계선이 그어져 있었다.

나도 최근에 이르러서야 강이찬의 정체며 그가 내 운전기사 겸 보디가드를 하는 이유를 알게 되었고, 강이찬 역시 어제가 되어서야 본업에서 벗어나 내게—그리고 구봉팔에게—조금 흉금을 털어놓고 손을 내민 것에 불과했다.

'그 또한 그걸 의식하고 있는 건지는 몰라도 오늘따라 강이찬에게선 일부러 말을 이어 가려 노력하는 모습이 보이는군.'

나는 강이찬이 대화의 물꼬를 터 온 김에 묻고 싶었던 걸 물어보았다.

"궁금한 게 있는데요."

"예."

"개인적인 거예요. 대답하고 싶지 않다면 대답하지 않아도 됩니다."

"……말씀하십시오."

"동생분 일에 대해서예요."

강이찬은 잠시 멈칫하더니 담담하게 대답했다.

"들어도 별로 재미없을 겁니다."

딱히 재밌자고 한 이야기가 아닌데.

강이찬은 나를 물끄러미 쳐다보다가 말을 이었다.

"제 고향은 경남에 자리한 C시입니다."

"C시요?"

"예, 혹시 아십니까?"

"그럼요."

"그러시군요. 서울 사람들은 보통 잘 몰라서 누가 물어보면 대충 부산 근처라고 말합니다만."

이 시대에는 그러려나.

아니, 이 시대에도 C시는 계획도시로 알려진, 아는 사람은 아는 동네였다.

'확실히, 이 시대 서울 사람들은 서울 아닌 지방은 다 농사 짓는 시골이라 생각하는 부류도 있을 정도긴 하지.'

어쨌건 내가 주워들어 아는 바 이 시기의 C시라면, 개발 도시와 미개발 구역이 공존하는 복잡다단한 곳이란 점이었다.

'그만큼 외부인 유입도 많았을 거고, 눈먼 돈이 오가기도 쉬웠을 터.'

나는 고개를 끄덕였다.

"그랬군요. 그런데 그런 것치곤 서울말이 능숙한데요?"

"비교적 어릴 적에 떠나왔거든요."

강이찬이 쓴웃음을 지었다.

"국민학교, 요즘은 초등학교군요. 거기서 초등학교를 나와 중학교를 다닐 무렵 고향을 떠났습니다."

동생에 대한 질문에 고향 이야기를 꺼낸 건, 동생의 죽음이 그가 고향을 떠나온 과정과 무관하지 않기 때문일 것이다.

생각했던 대로 강이찬은 고향을 떠난 계기를 담담하게 말했다.

"당시엔 저도 어려서 잘 몰랐습니다만, 나중에 알아보니 제 부친께서는 사채를 쓰셨던 것 같습니다."

"……."

"지금 생각해 보면 당시 신축한 아파트를 얻어 보려 하신 게 아닌가…… 추측만 할 뿐입니다만, 결과적으로 아버지의 투자는 실패하였고, 무리하게 대출을 끌어온 것에 더해 집안은 빚더미에 앉았습니다."

그 뒤 강이찬은 마치 남 이야기를 하듯 자신의 가정사를 이야기했다.

강이찬의 부친과 모친은 소위 말해 '빚 이혼'이라는 것을 했고, 부친은 강이찬을, 모친은 동생을 데리고 갔다.

하지만 부친이 행한 '빚 이혼'이라는 건 어디까지나 정상적이고 합법적인 채무 관계에서나 통하는 이야기일 뿐, 사채꾼들에게 그런 건 알 바가 아니었다.

"그 사채업자가 광남파란 조직과 관계가 있었습니까?"

"아뇨……. 아니, 그렇다고 할 수도 있겠군요. 저도 최근에 알게 된 일입니다만, 당시 광남파는 지방의 별 볼 일 없는 조직 중 하나로, 사채업자들의 채권을 양도받아 떼인 돈을 받아 먹고사는 놈들에 불과했습니다."

강이찬이 어조를 바꿔 말을 이었다.

"저도 아버지의 채무 관계에 대해서는 설령 그것이 불법 사채라고는 하나 거기에 원한은 없습니다. 가세가 기운 건 전적으로 아버지 개인의 선택에 따른 결과였으니 말입니다. 하지만……."

거기서 강이찬이 인상을 찌푸렸다.

평소 감정이 표정에 잘 드러나지 않는 강이찬이 인상을 찌푸렸을 정도니, 사무친 원한이 깊은 듯했다.

"놈들은 정도가 지나쳤습니다. 그 당시 이제 갓 중학교에 들어가려던 제 동생을 술집에 팔아넘기려 했으니까요."

"……."

흠, 그건 아무리 시대상을 감안한다고 하더라도 확실히 정도가 지나치긴 하군.

이 시대, 그리고 이보다 조금 이전 시대인 80~90년대는 한창 고도 성장기의 희망이 있던 대한민국의 황금기로 회자되곤 하지만, 결코 마냥 아름답고 행복한 시절인 것은 아니었다.

오히려 이 시대는 과도기적 시대 특유의 범죄와 불법, 구태의연하고 미숙한 시민 의식이 잔존한 그런 시대이기도 했다.

'삥 뜯는 오락실 중학생 형님들 같은 건 나중에 자연스레 자취를 감추지만, 나 때만 하더라도 누구나 그런 경험이 한 번쯤은 있을 정도로 비일비재했으니까.'

강이찬은 한동안 보글보글 끓어오르는 곱창전골을 보다가 다시 입을 뗐다.

"동생과 어머니의 사정을 알고 난 뒤, 저는 앞뒤 재지 않고 놈들에게 찾아갔습니다."

그는 컵에 담긴 물이 소주라도 되는 양 한 모금 마셨다.

'아무리 젊은 혈기라고는 해도 다짜고짜 사채업자 조직에 쳐들어가다니, 겉보기와는 달리 속이 뜨거운 남자였군.'

나는 타이밍을 보다가 슬쩍 물었다.

"그 뒤 어떻게 되었습니까?"

강이찬이 내 앞에 앉아 있는 걸 보면, 그 일로 강이찬이 불구가 되었다거나 하지는 않았을 터이긴 한데.

강이찬이 담담히 대꾸했다.

"형편없이 깨졌습니다."

"……."

극적인 반전은 없었다.

아무리 강이찬이라고는 해도 당시는 아직 기껏해야 고등학생 정도였을 것이고, 지금 그처럼 훈련을 받은 상태도 아니었다.

"뿐만 아니라 놈들은 어머니와 동생이 살던 집에도 깽판을 놓았죠……. 결과적으로 동생은 그들에게 갔고, 그들은 어머니와 아버지를 시켜 두 분의 생명보험금을 수령 받게 했습니다."

담담한 말씨에 함축된 내용은 그 과정이 결코 순탄치 않았을 것임을, 그리고 강이찬의 가슴에 지워지지 않는 상처와 울분을 남겼을 것임을 나로 하여금 짐작케 했다.

'놈들은 부모의 원수이기도 한 건가.'

이쯤 하니 강이찬이 경찰이 아닌 군인이 되고자 했던 것도, 그리고 그가 특수부대에서 훈련을 수료한 것에도 어떤 의도가 있었는지 알 것 같았다.

어쨌건, 제압을 목적으로 하는 경찰과 달리 군대는 '살인'을 배우는 곳이니까.

'그때부터 강이찬은 줄곧 복수를 다짐한 거야.'

당시에는 그럴 수밖에 없었단 식으로 포장한 어릴 적 자신의 과오를 포함해서.

'그 정도면 강이찬이 소위 조폭이라 불리는 집단을 싸잡아 혐오감과 적개심부터 품고 보는 것도 이해는 가는군. 그리고 그런 적의가 나를 향하지는 않으니…… 어떤 의미에선 믿음직한 인물인 건가.'

전예은도 그런 걸 알고서 내게 그런 말을 했던 건지는 모르지만.

'한편으론 강이찬의 복수심이란 것은 시효가 뚜렷해서, 그 대상이 사라져 버리거나 시간이 지날수록 희미해지는 것이니 그걸 품을 수만 있다면 강이찬은 내 편이 될 만한 인물인 것이기도 하고.'

순진하다면 순진한 생각이지만, 전예은이 그렇게 보았다면 그런 추측도 가능했을지 모른다.

강이찬은 잠시 뜸을 들였다가 말을 이었다.

"얄궂게도 광남파란 조직 자체는 그 무렵 범죄와의 전쟁 때 자취를 감추고 말았습니다만, 저는 계속해서 동생의 흔적을 좇았죠. 그리고 그 조직이 다시 재건에 성공하고 그 이름이 다시 제 귀에 들어왔을 무렵, 회사에서 저를 찾아왔습니다."

강이찬이 말한 회사란 물론 안기부다.

"회사에서는 제가 동생의 행방을 좇고 있는 것을 알고 있더군요. 하지만 동시에 회사에서는 제 동생이 더는 세상에 존재하지 않는단 것도 알려 주었습니다."

흠, 동생이 죽었다는 정보의 출처가 안기부였다는 건가.

나는 거기서 왠지 모르게 안기부가 진실을 감추고 강이찬에게 일부러 왜곡된 정보를 던져 주었을 거란 생각을 했지만, 생각한 바를 입 밖에 내지는 않았다.

"그러면 회사에서는 강이찬 씨에게 복수를 도와준다는 조건으로 저에게 강이찬 씨를 붙인 모양이군요."

"……비슷합니다."

강이찬은 그렇게 말하곤 괜스레 국자로 곱창전골 위에 낀 거품을 걷어 냈다.

"얼마 전 저희 회사 선배가 사장님께 물건을 전달했을 때…… 저는 이제 움직일 때라고 생각했습니다."

역시, 강이찬의 이번 행동은 그게 불씨를 당긴 건가.

전예은의 착오라면 안기부라는 조직이 그렇게 호락호락하지 않다는 점일 것이다.

애당초 안기부가 무슨 목적으로 강이찬을 내게 붙였는지는 모르지만—강이찬 본인도 모를 것이다—이 시점에서 안기부는 강이찬의 사그라지기 시작한 복수심에 새삼 불씨를 살려 냈다.

안기부 입장에 강이찬은 한 번 쓰고 버릴 장기짝일 것이다.

강이찬은 딱히 남다른 애국심과 투철한 신념으로 움직이는 인물도 아니고, 안기부는 그 목적과 목표가 어디를 향하고 있는가 하는 것도 파악하고 있으리라.

그러니 안기부는 그들이 목표하는 지향점과 강이찬의 의사가 맞아떨어지는 범위 내에서나 그를 이용할 수 있다는 것을 잘 알고 있을 테니, 지금이야말로 졸을 앞으로 내보내 왕으로 향하는 길을 열어젖힐 때라고 판단했을 터.

그런 의미에서 보자면 김철수란 안기부 요원이 나에게 보란 듯 권총을 맡긴 것부터가 그들이 강이찬에게 보내는 신호였다.

'다만 안기부의 착오라면, 나나 안기부가 생각했던 것 이상으로 강이찬이 나를 신뢰하고 있었다는 점이겠지.'

강이찬이 나를 신뢰하고 있다고만 표현하면 오해의 여지가 있겠다.

보다 정확히는 그도 내 주위의 여건을 살핀 결과, 강이찬 역시도 내게서 그 복수에 이용할 만한 능력이 있다는 걸 알아본 것에 가깝다.

당장 구봉팔부터가 조광이라는 전국구 조폭의 꽤 높은 자리에 올라있는 데다가, 오늘만 하더라도 구봉팔은 내 호출에 재깍 응해 오지 않았는가.

그러니 강이찬 입장에 아직 나를 배신할 까닭이 없는 구봉팔을 자신의 복수에 이용할 수 있다면, 이용하는 것이 그로

선 여러모로 손쉬운 일이란 의미였다.

'더군다나 그는 소년기에 무작정 쳐들어갔다가 실패한 경험이 있으니, 이번에는 신중하게 움직이려는 경향이 생겼겠지.'

거기까지 이야기가 나온 상황이니, 의도했던 대로 나는 강이찬이 처한 입장을 모른 척해 주기 힘들게 됐다.

"그러면 강이찬 씨는 이번 기회에 정보가 모이는 대로 광남파란 조직에 쳐들어가실 생각입니까?"

내 표현이 꽤 노골적이었던 걸까, 강이찬은 선뜻 대답하지 못하고 조심스레 고개를 끄덕였다.

"예. 하지만 사장님께는 해가 되지 않게끔 처신하겠습니다."

"그러면 혹시 저희 회사를 관둘 생각이란 말씀인가요?"

"……그렇습니다."

강이찬이 내 앞에 이런 이야기를 늘어놓은 것부터가 그런 관계의 단절을 전제로 한 일이기는 하겠지만.

"조금 서운한데요."

"예?"

"저도 가능하다면 강이찬 씨를 도와드리고 싶거든요."

강이찬은 드물게 인상을 구겼다.

"이런 말씀을 드리긴 죄송합니다만, 사장님께서 관여하실 일은 아니라고 생각합니다."

예전부터 느낀 바이긴 하지만, 강이찬은 내가 '폭력'에 연루되는 일 자체를 꺼리는 듯했다.

하긴, 정상적인 어른이라면 어린이가 그런 세계를 아는 것도, 거기에 연루되는 것도 만류하는 게 옳긴 하지만.

'정작 나는 평범한 어린이가 아니란 말이지.'

하물며 강이찬의 어른으로서 당연한 배려는 나에겐 구질구질한 일이었다.

'뭐, 강이찬도 눈앞의 꼬맹이가 실은 산전수전 다 겪어 본 중년 아저씨라는 건 모르고 있으니 그러는 거겠지만.'

나는 태연히 시치미를 떼며 일부러 능청스레 말을 받았다.

"사실 저는 이제 와서 모른 척할 수도 없는 입장이 되고 말았는데요."

나는 독립된 방이라고는 해도 공공장소라는 걸 감안해 일부러 목소리를 낮췄다.

"어쩌면 이 일에 사람이 죽기도 하겠죠?"

강이찬은 이제 노골적으로 인상을 찌푸렸다.

"……무슨 말씀이십니까?"

"제가 보기에 강이찬 씨는 김철수 씨에게 받은 권총을 사용할 생각이 다분한 것 같거든요."

"……."

이 자리에서는 거짓말로라도 그럴 일은 없다고 해도 될 텐데, 강이찬은 부정하지 않았다.

"그러니 만약 거기서 사람이 죽는 일이 생긴다고 하면……
경찰은 강이찬 씨의 고용주였던 저도 참고인 조사를 할 거예
요. 그러면 그때 저는 위증을 해야겠죠? 아니면 그건 살인방
조죄에 해당될 테니까요."

그제야 강이찬은 자신이 내 앞에서 너무 많은 말을 하고 말
았단 걸 자각하곤 입을 꾹 다물었다가 한참 만에 입을 뗐다.

"그러면 지금이라도 말리실 겁니까?"

마침 장소도 광수대 근처겠다, 지금이라도 경찰서로 달려
가 (아는 경찰에게)상황을 설명하면 강이찬의 복수극은 그대로
막을 내릴 것이다.

강이찬은 새삼 내가 자신을 이 장소로 끌고 온 이유가 거
기에 있다고 오해하는 듯했다.

'아니, 이 식당에 온 건 그냥 우연인데.'

그래서 나는 강이찬의 말을 보란 듯 일부러 담담히 받았
다.

"아뇨."

"……예?"

오히려 놀란 건 강이찬이었다.

대중 매체에서는 '복수는 허무한 것'이란 것을 가르치려 들
지만, 그건 하나만 알고 둘은 모르는 것이다.

복수란 가장 원초적이며 강렬한 행동 동기이고, 그것은 당
사자로 하여금 강력한 동기를 제공한다.

그리고 그 복수의 대상이 사라지거나, 그걸 포기하려고 했을 때 인간은 무너진다.

나도 한때는 이성진을 향한 복수심으로 움직인 적도 있지만, 언제인가부터 이성진은 나 따위가 어떻게 해 볼 수 있는 대상이 아님을 깨달은 뒤부터 나는 무너져 내렸다.

이후 한동안 나는 역설적이게도 이성진의 가장 충실한 개가 되었고, 약혼자가 나를 지탱해 주지 않았다면 나는 이성진에게 이용당하다가 길거리에 버려지는 쓰레기처럼 이 세상에서 자취를 감추고 말았을지 모른다.

지금 강이찬을 지탱하고 있는 것도 따지고 보면 전부 그 복수심이라고 할 만한 것이었다.

그러니 이대로 억지를 써 가며 강이찬을 붙잡아 봐야 나는 강이찬의 신뢰를 잃을 뿐만 아니라 지금의 강이찬이 아닌 반쪽도 안 되는 인재를 얻을 뿐.

'그럴 바엔 차라리 이 기회에 강이찬에게 힘을 빌려주는 것으로 내게 갚기 힘든 은혜를 입히는 게 낫지.'

이미 나부터가 '살인을 해서는 안 된다'는 윤리적 문제를 운운할 위선은 입에 담을 수 없다.

'전생의 일이라고는 하지만 나는 손에 피를 묻혀 본 인간이니까.'

그런 상황에 내가 우려하는 건 윤리적 문제가 아닌, 그에 따르는 '리스크'를 어떻게 감수하느냐의 문제에 불과했다.

"저는 이왕 할 거라면 확실히 하자는 의미로 한 말이에요. 그리고 때론 대상을 살려 놓는 것이 더 좋은 복수가 될 때도 있고요."

"……무슨."

"그걸 굳이 제 입으로 말할 필요는 없겠죠."

나는 빙긋 웃어 보였다.

"누군가를 괴롭히는 방법은 여러 가지가 있을 테니까요."

"……."

강이찬은 어처구니가 없다는 듯 나를 보더니 고개를 저었다.

"사장님께서 이런 분이실 줄은 미처 몰랐습니다."

"왜요, 부하의 꿈을 이뤄 주기 위해 두 발 벗고 나서는 좋은 상사잖아요?"

"그런 농담을 하실 상황은 아니라고 생각합니다."

우직하기는.

뭐, 나도 좀 오버했다. 반성하지.

"미안해요. 사과드리죠."

"……."

"하지만 그런 것보단 이런 식으로 강이찬 씨를 잃고 싶지 않다는 것이 제 솔직한 본심이거든요."

그러면서 나는 얼굴에서 미소를 거두었다.

"왠지 강이찬 씨가 이번 일을 마치고 난 뒤 경찰에 자진출

두하거나 할 거 같단 생각이 드는 건, 제가 너무 앞서가는 거 겠죠?"

강이찬이 움찔했다.

나는 그런 강이찬을 앞에 두고 묵묵히 물을 홀짝였고, 강이찬이 무어라 말하기 직전, 드르륵 미닫이문이 열렸다.

"먼저 와 계셨군요."

"안녕하세요."

구봉팔이었다.

구봉팔은 강이찬이 수저를 놓은 옆자리에 앉아 물수건으로 손을 닦으며 곤혹스러워하는 말투로 입을 뗐다.

"도착해 보고는 깜짝 놀랐습니다. 설마 이런 곳에……."

그는 그렇게 말하며 동의를 구하듯 슬쩍 강이찬을 보았다가, 왠지 그가 어제와 또 분위기가 다르다는 걸 깨닫고는 말끝을 흐리며 나를 보았다.

"한창 이야기 중에 끼어든 모양이군요."

"아뇨, 괜찮습니다."

나는 보란 듯 강이찬에게 눈짓을 주며 구봉팔의 말을 받았다.

"그 이야기는 차차 이어 가면 되니까요. 그보다 이사님께는 어제 있었던 일을 자세히 듣고 싶은데요."

구봉팔은 쓴웃음을 지은 뒤 고개를 끄덕였다.

구봉팔은 어제 룸살롱에서 있었던 일을 풀어놓은 뒤, 오전에 '등산'한 일까지 내게 말해 주었다.

"아, 그러면 밤새 목 아래까지 파묻혀 있었군요."

"예. 그 정도만 해도 본보기는 보인 셈입니다."

어떻게 보든 밥 먹으면서 할 이야기는 아닌 것 같았지만, 우리는 곱창전골을 먹으며 이야기를 이어 갔다.

나를 시각적으로나 청각적으로나 그 어떤 폭력적인 것에도 노출되지 않도록 신경 쓰는 강이찬과 달리, 구봉팔은 내 앞에서도 태연히 사람 파묻는 이야기를 할 정도였다.

'두 사람의 밸런스를 좀 맞춰 주면 좋겠단 생각이 들 정도 군.'

여담으로 곱창전골은 꽤 괜찮았다.

"그럼 지금은 어디 있습니까?"

"일단은 숙소에 애들을 붙여 놓고 감시 중입니다만…… 그러잖아도 그 문제로 사장님과 상의를 했으면 합니다."

아무리 구봉팔이라도 놈들을 어떻게 죽이면 좋을지 물어보려는 건 아니겠지.

"말씀해 보세요."

구봉팔이 고개를 끄덕였다.

"우선, 어제 저를 습격한 이들은 그 일을 사주한 인물이 누군지 모르는 눈치였습니다."

꽤 용의주도하다고 해야 할지, 최소한 기본은 하는 인물이란 의미일지.

"그러면 습격을 사주한 인물은 어제 이사님을 습격한 행동 대원들과 정기적인 연락을 주고받는 것도 아니겠군요."

"예. 뭐…… 생각해 보면 어제 그 일이 성공했다면 이 바닥에 소문이 퍼졌을 테니까요. 굳이 경과 보고를 기다릴 필요도 없을 겁니다."

나는 고개를 끄덕였다.

'어쨌건 초짜는 아니야.'

하지만 그렇다고 어제 구봉팔 습격을 사주한 인물이 대단한 인간일 거란 생각은 들지 않는다.

결과적으로 구봉팔은 살아남았고, 구봉팔은 이제부터 평소보다 경호에 신경을 쓸 것이다.

초장에 일을 말아먹으면 두 번째부터는 어렵다. 이제 같은 방식은 통용되지 않을 것이니 진심으로 구봉팔을 제거하고자 했다면 길거리에 널린 양아치를 기용하는 것이 아닌 처음부터 '프로'를 써야 함이 옳다.

단순하게 생각하면 상대는 구봉팔의 역량을 과소평가했거나, 조금 꼬아서 생각하면 어제의 습격을 성공해도 그만, 실패해도 그만인 수준으로 접근한 것이리라.

'즉, 상대는 그때 구봉팔을 습격해 사망에 이르게 하거나 중태에 이르게 했다면 그것만으로도 좋고, 실패한들…… 그것만으로도 충분하단 생각이겠지.'

그렇다면 이 시점에 구봉팔의 적이라 부를 만한 인간은 누구인가.

　가장 유력한 후보는 구봉팔과 조세화의 결합을 경계하는 이들로, 조광 그룹의 관계자일 것이다.

　'아니면 역으로, 이 일에 조바심을 낸 구봉팔이 하루빨리 조세화와 공개적으로 손잡기를 바라는 인물이라거나⋯⋯.'

　이를테면 조설훈을 죽여 조세화가 후계자가 되도록 판을 짠 누군가처럼.

　거기까지 생각한 나는 속으로 쓴웃음을 지었다.

　'이런, 또 나쁜 버릇이 나오는군.'

　나는 기본적으로 신중한 인물이다.

　하지만 때론 그 신중함이 도를 지나쳐 상대를 필요 이상으로 높이 평가하는 경향이 있었고, 고작해야 1에 불과한 일을 2, 3, 5 정도로 부풀려 전생에도 소 잡는 일에 쓸 칼을 닭 잡는 데 쓰고는 했다.

　방금 내가 불현듯 떠올린 '신중한' 가설 속 인물의 계획에도 허점은 존재한다.

　만약 어제 습격이 '성공'해 버렸다고 하면, 그 시점에서 내가 떠올린 인물의 계획은 실패하고 만다.

　'조세화가 오너가 되길 바라는 인간이 여기서 구봉팔을 배제해 봐야 득될 것이 없어. 그건 단순한 지분 문제 뿐만은 아니니까.'

　조세화는 그녀가 가진 지분과 별개로 그 기반 세력이 약하단 것이 최대 약점이다.

그런 조세화가 자신의 약점을 보완할 수 있는 방안은 현재 '어느 세력에도 속하지 않은' 것처럼 보이는 구봉팔과 손을 잡는 것으로, 조설훈과 조지훈이 깔아 놓은 판 위에 기반을 마련한 구봉팔은 조설훈과 조지훈, 양대 파벌에 어느 정도 발을 걸쳐 두고 있기까지 했다.

여기서 주목할 점은 습격이 어젯밤 이루어졌단 것이다.

즉, 이는 아직 '조세화는 삼광 그룹과 손을 잡고 있는 듯하다'는 소문이 퍼지기 전에 기획된 일이라는 의미다.

'만약 그걸 알고 있었다면 상대방도 다른 방식을 꾀했겠지.'

그때는 길거리 양아치가 아닌, 진짜배기를 썼을지도 모른다.

어떤 의미에선 상대방이 아직 조세화를 경계하기 전인 적절한 타이밍에 일이 터져 주어서 다행이란 생각마저 든다.

'그러면 여기서 가장 유력한 후보를 알아봐야겠군.'

나는 생각을 멈추고 구봉팔에게 물었다.

"조광 그룹에 조설훈과 조지훈을 제외한 넘버 투는 누구였습니까?"

구봉팔은 기다렸다는 듯 대답했다.

"조광의 자회사 중 하나인 신진물산의 광금후 대표입니다."

그 이름을 언급하며 살짝 인상을 찌푸리는 것으로 보아 구봉팔도 물증이 없다 뿐이지, 습격을 사주한 후보로 광금후란 인물을 추정하고 있는 모양이었다.

'그도 그럴 것이, 이번 일로 가장 큰 이득을 볼 인물이 그 사람일 테니까.'

그보다도.

"흠……."

광금후라, 전생의 기억을 더듬어 봐도 생각나지 않는 인물이다.

'즉, 내가 조광에 관심을 기울일 땐 이미 세상에 없었던 인물이거나 더 이상 영향력을 끼치지 못할 위치에 있었단 의미군.'

그러니 그는 조설훈이 조광을 장악한 전생엔 조직 개편과 더불어 숙청되고 말았을 인물일 것이다.

"어떤 사람입니까?"

"저는 그 자리에 없었습니다만 조설훈이 살아 있을 때 이미 공공연히 반기를 드러낸 사람이라고 들었습니다."

"조설훈이 살아 있을 때 언제 말씀이죠?"

만약 조설훈이 가장 쌩쌩할 때 반기를 든 인물이라면 그건 그냥 목숨 아까운 줄 모르는 미친놈이니까.

미친놈을 상대로는 그 어떤 전략도 통하지 않는 법이다.

'경우에 따라선 그냥 아예 전면전을 각오해야 할지도 모르

고.'

이내 자신의 불찰을 깨달은 구봉팔이 얼른 말을 받았다.

"아, 죄송합니다. 구체적으로는 조설훈이 사망한 당일, 조설훈은 임원 회의를 소집한 적이 있습니다. 전무급 이상 임원이 모두 소집된 회의였는데……."

나는 기억을 더듬어 고개를 끄덕였다.

"조세광이 구속된 이후군요."

"그렇습니다. 당시 그것만으로도 조광 내의 분위기는 뒤숭숭했으니까요."

조세광이 사람을 죽였다는 빅뉴스도 결국 조설훈과 조지훈, 조성광 회장까지 줄초상을 치른 더 큰 충격에 묻히고 말기는 했지만.

'그때라면 한번 찔러 볼 만했겠군.'

그것도 조설훈의 성격을 생각해 보면 무모하기 짝이 없긴 하지만.

만약 조설훈이 죽지 않았다면 그는 조광이 맞이한 결과와 별개로 지금 이미 인천 앞바다에서 물고기와 놀고 있었을 것이다.

'뭐, 누군가를 습격해 죽이려고 했다는 것부터가 정상인의 사고 범주 내의 일이 아니긴 하지만.'

그 부분은 조광이라는 회사의 특수성이라고 생각하기로 하자.

"그렇다면 조광은 지금 광금후 대표란 인물을 중심으로 뭉쳤겠는데요."

"예. 하지만 기대한 만큼의 세력은 모이질 않은 듯합니다."

과연.

나는 고개를 끄덕였다.

"그건 세화가 상속인으로 거론된 것과 무관하지 않겠군요."

"그렇습니다."

야심만만한 것과 달리 별로 인망은 갖추질 못한 모양이군.

조성광의 카리스마에 눌려 몸을 낮추고 있던, 야심가들에게 조세화의 존재는 독이 든 성배였다.

그들에게 아직 중학생에 불과한 조세화는 이용해 먹기 딱 좋은 꼬맹이지만, 역으로 조세화를 잘못 끌어들이면 집 안에 적을 들이게 되거나 상대가 연합하는 결과로 이어질지 모른다.

그러니 그들이 할 수 있는 최선의 선택은 조세화를 중립지역으로 두고, 그들끼리 각축전을 벌여 조세화를 물러나게 한 뒤 회사 경영 방침을 전문 CEO 체제로 고쳐 자신의 사람을 CEO에 앉히는 문제로 귀결된다.

'그러니 그들로서는 어느 시점에 조세화에게 손을 내밀어 은혜를 베풀어 주는가 하는 문제만 남았겠지.'

이때 그들이 생각할 수 있는 변수는 중립지대인 구봉팔의 세력이다.

만약 조세화가 구봉팔과 손을 잡는다면 다소 어중간한 구봉팔 세력은 단숨에 주류로 급부상할 것이다.

그러니 그들 입장에 구봉팔은 여러모로 눈엣가시일 것이고, 그가 빨리 리타이어를 할수록 유리하다.

여기서 구봉팔을 습격하자는 작전 플랜A가 나왔을 것이다.

만약 플랜A가 성공한다면 그것으로도 좋지만, 실패했을 경우 나올 수 있는 플랜B도 나쁘지 않다.

플랜 B에서 기대할 수 있는 건, 결국 구봉팔과 조세화가 손을 잡는 것.

이래서야 그들이 경계하는 '구봉팔과 조세화 연합 세력'이 갖춰지게 되니 이는 실패의 리스크만 있을 뿐인 형편없는 작전으로 치부될 수도 있겠지만, 실상을 파고들면 꽤 교활한 노림수였다.

'문제는 구봉팔과 조세화가 손을 잡는 타이밍이거든.'

저들끼리 한창 이권 다툼을 나누던 중에 조세화와 구봉팔이 손을 잡으면 어버버 하는 사이에 회사를 빼앗기겠지만(?), 적절한 시간을 두고 조세화와 구봉팔이 연합하는 모습을 본다면 어제의 적은 오늘의 동지가 된다.

하물며 상대는 구봉팔이 '습격을 당했다'는 소문을 퍼트릴 것이니, 그룹은 구봉팔의 일거수일투족을 예의 주시 할 것이고, 구봉팔의 움직임에 따라선 적들은 연합을 갖출 채비를 하게 되리라.

'그런 물밑 작업도 동시에 이루어지고 있었겠지.'

아마 지금도 입안자는 좋은 작전이라고 생각하고 있겠지만, 이런 식으로 해 봐야 온전한 조광을 먹지 못할 것이란 점이 그의 한계였다.

'만년 2인자나 할 법한 작전이야.'

그 작전이 성공해 봐야 조광이 각 파벌 단위로 쪼개지는 건 기정사실이고, 상대가 자신의 입김이 닿은 CEO를 앉혀도 그건 이미 예전의 조광이 아닌, 껍데기만 남은 무언가에 불과하다.

그러니 이는 당장의 영락만을 볼 뿐인 근시안적인 시각에 불과하고, 구심점이 장점인 조광은 결국 다른 경쟁 세력에 밀려 역사의 뒤안길로 사라지고 말 것이다.

'뭐, 오너가 아닌 입장에선 개인의 영달만을 추구할 뿐. 그걸로 주머니나 좀 채우면 그뿐이란 생각이겠지.'

구봉팔이 입을 뗐다.

"그러면 사장님, 지금이라도 세화와 손을 잡아야 하지 않겠습니까?"

구봉팔은 혹시나 저들이 조세화를 노릴지도 모른다는 우려를 더해 한 말이지만, 그 제안도 나쁘지 않다.

'그 습격이 실패한 상황에 조세화가 삼광의 손을 빌리려 한

다는 징후가 나온다면, 이번엔 조세화가 위험해질 수도 있으니까.'

상대가 극단적인 방법을 택하지 않으리란 보장도 없으니, 그쪽도 준비는 해 둬야 한다.

또 구봉팔의 제안대로 진행할 경우, 일견 그들의 노림수대로 들어가는 꼴로 보여도 조세화와 삼광과 합자회사를 차릴 예정이라는 걸 이미 아는 구봉팔 입장에서 이번 습격은 '불쾌한 일'이기는 해도 단지 그뿐인 일.

그러니 구봉팔이 내게 연락을 취해 온 것도 그가 공식적으로 조세화의 편을 들어주기 전 예의상 허락을 구하고자 함에 다름 아니다.

더군다나 상대의 노림수는 '어제 조세화가 삼광 그룹의 장손과 금일 그룹 행사장에 모습을 드러냈다'는 시점에 무너져 내리고 만다.

'그런 의미에선 그것도 좋지. 나쁘지 않아. 잘만 하면 아예 이쪽으로 다른 세력이 넘어올 수도 있고. 하지만……'

구봉팔이 조세화와 손을 잡을 것도 없이 조세화가 삼광 그룹과 합자회사를 세우는 시점에서 조광의 핵심 자산은 대거 이탈할 것이고, 그들은 명판뿐인 조광을 가지고 이리저리 다투다가 스러질 운명이다.

'다만 그래서야 이쪽도 챙길 게 부족해져. 그런 꼴은 두고 볼 수 없지.'

이왕 얻을 거라면 3을 희생해 7을 얻는 것보다 약간의 수고로움을 감수하고 9, 10을 노려야 하지 않겠는가.

이번 일도 기회라면 기회.

단순한(?) 해프닝 차원에서 그칠 것이 아니라 상황을 역으로 이용하는 방법도 있다.

'그러면 여기선…… 상대방의 의도에 놀아나 줘 볼까.'

나는 미소 띤 얼굴로 구봉팔의 말을 받았다.

"그보다는 이렇게 해 보죠."

5장

"아, 여기가 바로 그 소문이 자자한……."

박강호의 말에 김보성은 픽 웃었다.

"호들갑은. 그냥 회사 근처에 있는 꽤 괜찮은 식당이지 않나?"

김보성은 별거 아니란 듯 말했지만, 점심시간을 맞은 식당은 꽤 혼잡했다.

마침 김보성과 박강호 일행을 지나쳐 한 무리가 식당으로 들어섰으므로, 김보성은 자리가 있을 때 들어가야겠단 생각을 했다.

"일단 들어가지."

"예, 선배님!"

방금 전 그들을 앞서 들어간 일단의 무리로 인해 테이블 쪽 자리는 꽉 차고 말아서, 주인은 김보성과 박강호에게 일부러 비워 둔 안쪽 방에 자리를 권했다.

　김보성도 좌식을 썩 내켜 하지는 않았지만 자리가 없었기에 하는 수 없이—마침 박강호에게 따로 전달할 이야기도 있었던 그는 차라리 잘됐다고까지 생각했다—식당 주인이 안내한 방으로 향했다.

　주문을 마치고 물수건으로 손을 닦고 있으려니, 주위를 두리번거리던 박강호가 씩 웃으며 말을 붙였다.

　"저, 곱창전골은 처음입니다."

　"이런, 자네 의외로 엘리트였군그래."

　"하하! 그냥 어쩌다 보니 그런 기회가 없었다는 것으로 하겠습니다."

　박강호는 너스레를 떨며 물을 따라 각자 자리에 놓았고, 김보성은 그 모습을 가만히 지켜보다가 입을 뗐다.

　"일은 어떻게, 괜찮아 보이나?"

　"선배님께서 길을 잘 닦아 주신 덕에 어려운 건 없어 보입니다."

　"나한테 아부해 봐야 별 재미 없을 텐데."

　"빈말이 아닙니다."

　박강호가 웃음기를 뺀 얼굴로 대답했다.

　"오히려 저로선 선배님이 잘 차려 둔 밥상에 숟가락만 올리는 것 같아서 송구스러울 따름일 정도입니다."

"⋯⋯."

"사실은 선배님도 이 일을 직접 재판장에 가지고 가고 싶으셨던 거 아닙니까?"

김보성은 박강호의 보기 힘든 진지함에 난처한 기색을 표했다.

"그런 거 아니야. 게다가 이번 일로 성과를 올린 것처럼 보인다면 전부 경찰들이 수사를 잘해 줘서 그런 거지. 내가 한 게 뭐가 있겠나."

"그래도 보고서에 따르면⋯⋯."

"보고서를 봤다면 자네도 잘 알겠군. 이번 일은 대한민국 경찰의 수사 능력이 빛을 발한 결과일세. 내가 한 거라곤 법전과 선례를 뒤져 구형을 때린 것뿐이고."

"⋯⋯."

"그렇다고는 하지만⋯⋯ 결국 재판장에 넘긴 건 조세광뿐이기는 하지."

한강에서 변사체가 발견된 이후 광수대가 창설되고, 그 뒤 연속성을 띤 것처럼 보이는 일련의 사건이 해결되었지만 실상 잡아들인 건 '자기방어 차원'에서 사람을 죽인 조세광 한 사람뿐이었다.

"아니 그 왜, 조세광 말고도 있잖습니까, 지유진을 납치하려고 했던⋯⋯."

"……그것도 포함하려면 할 수는 있겠군. 하지만 그렇게 따지면 일시적으로나마 조세광의 똘마니들을 잡아들인 것도 포함해야 하지 않겠나?"

"그것도 포함하면 좋겠는데요."

"끌고 가 봐야 기소유예나 나올 일이지. 납치 미수 사건의 실행자인 심영한도 '조설훈이 시켰다'는 말밖에 하지 않는 상황이고…… 사주한 조설훈은 이미 죽고 없지 않나."

박강호는 묵묵히 물을 들이켜곤 컵을 내려놓았다.

"조설훈이 언급되어서 하는 말입니다만, 그 사건도 한번 살펴봐야 하지 않겠습니까?"

박강호의 말에 김보성은 속이 뜨끔했지만, 애써 내색하지 않을 수 있었다.

"조설훈이 죽은 일이라면 이미 종결되지 않았나."

"글쎄요. 저는 아무리 생각해도 조지훈이 조설훈을 죽일 이유가 없단 생각이 듭니다."

"그 역은 가능하고?"

박강호가 진지한 얼굴로 고개를 끄덕였다.

"예. 물론 인륜을 저버린 행동이란 의미에서 지탄받을 행동입니다만, 저희가 하는 일이 그런 범죄자들을 잡아 사회에서 격리하는 것 아니겠습니까."

박강호는 범죄자에 대한 정부의 역할을 '교화'가 아닌, '격리 및 처벌'로 보는 쪽이었다.

그래서일까, 박강호는 매번 기소를 넣을 때마다 법이 허용하는 최대치의 형량을 요구할 때가 많았고, 그런 박강호의 기소 전략은 역설적으로 범죄자와 변호사로 하여금 협상의 여지를 남겨 두어 그가 바란 대로 판결이 내려질 일은 적을지언정 법정에서 무죄로 종결된 일은 아직 없었다.

그렇다고 박강호가 뼛속까지 냉혹한 인간이란 의미는 결코 아니다.

그는 '선량한' 일반 시민을 상대로는 그 특유의 호쾌함과 친절함을 베풀 줄 아는 인간이기도 했다.

'때론 그 정의감이 언젠가 그 발목을 잡게 될지도 모르지만……'

김보성도 남에게 '인간이란 이래야 한다'는 식의 훈계를 늘어놓는 성격은 아니었기에 박강호의 인생관에 대해 무어라 입 밖에 내지는 않았다.

하지만 이번만큼은 '아끼는 후배'를 위해서라도 조금쯤 쓴소리를 해 줘야 할지, 그도 망설였다.

김보성이 택한 건 절충안이었다.

"학교에서 가르치는 것이 나 때와는 달라진 모양이군. 임 교수님이 은퇴하셨나?"

김보성은 박강호의 말을 일부러 은근한 농담으로 받아쳤지만, 박강호는 물러서지 않았다.

"교수님은 정정하십니다. 최소한 제가 마지막에 뵈었을 때는요. 하지만 교수님이 하시는 말씀은 어디까지나 교수님이 현역으로 계시던 그 시절을 기준으로 삼은 이상론이라고 생각합니다. 반면에 지금은 다들 뭐가 잘못이고 아니라는 걸 아는 시대가 아닙니까?"

학부생 시절에나 떠들 말이군.

한편으론 그 시절의 열정을 아직껏 간직했단 방증이기도 하겠지만.

김보성이 픽 웃었다.

"그건 자네가 대법관이 될 날을 기대해 보지."

"⋯⋯."

김보성이 이 일을 왈가왈부하고 싶어 하지 않는다는 걸 깨달은 박강호는 입을 다물었다.

이상과 달리 현실은 책상에 쌓인 서류와 그 서류를 밀어내면 그다음 차례를 기다리는 또 다른 서류의 연속이다.

오히려 이번에 김보성이 맡아 온 일련의 사건에 그가 집중할 수 있었던 것도, 어디까지나 광수대가 설립된 직후 신설 조직의 성과를 보여야 한다는 상부의 바람이 이해관계상 맞아떨어진 결과였다.

그리고 광수대는 '기대 이상'의, 어떻게 보면 '벌집을 건드릴 정도로' 잘 해냈다.

단순 엽기 범죄라고 생각했던 한강 변사체 사건은 파헤치고 보니 유력 정치인과 대기업 재벌이 엮인 일이었고, 그들과의 이해관계에서 결코 자유롭지 않은 상부는 김보성에게 '이쯤하면 됐다'는 은근한 압력을 행사했다.

출세욕이 별로 없는 김보성도 아차 하는 순간 너무 깊이 발을 들이밀었다고 생각했을 정도였으니, 이 일련의 사건이 간직한 어둠은 실로 깊었다.

'그러니 앞으론 이런 식으로 운용하지 않게 되겠지.'

광수대에 그런 개념적 개편이 이루어지려는 때에 이 열정적인 후임이 들어온 건, 선례 아닌 선례를 남기고 만 김보성 스스로도 어딘지 미안해지는 구석이 있었다.

그러며 잠시 어색한 침묵에 외부 소음이 섞여 들려오는 사이, 박강호가 어조를 고쳐 다시 입을 뗐다.

"하지만 사실은 선배님도 조설훈이 죽은 사건에 위화감을 느끼지 않으셨습니까?"

"왜 그렇게 생각했나?"

"얼마 전 여진환 순경이 광수대에 오지 않았습니까."

여진환 순경이라.

그때는 서로 악수만 주고받고 끝이었지만, 박강호는 스치듯 여진환을 만났던 일을 담아 두고 있었던 모양이었다.

"선배님은 그가 누군지 혹시, 알고 계셨습니까?"

"알고 있네."

김보성은 이제 와서 감추는 것도 소용없는 일이라 판단해서, 솔직하게 인정했다.

"자네와 사법연수원 동기인 여승환 검사의 동생이지."

박강호는 김보성이 여진환을 일컬어 '여종범 검찰총장의 아들'이 아닌 '여승환 검사의 동생'이라고 언급한 것에 괜한 지뢰를 건드린 건 아닌가 하고 후회했다.

"……알고 계셨군요."

"닮았으니까. 그러는 나도 그날이 초면이었던 데다가 자네가 알은체를 한 덕에 간신히 눈치챈 거지만."

김보성이 물었다.

"그래서 지금 그 이야기는 왜 꺼냈나?"

김보성의 말은 자신이 좌천된 것과 여진환은 별개의 일이니 그 건으로 그를 입에 담지 말란 은근한 압박이 섞여 있었지만.

박강호 역시 그 문제를 거론하고자 여진환의 이름을 입에 담은 건 아니었다.

"이건 제 착각일지도 모르겠습니다만 경찰들은 조설훈의 사망에 여전히 위화감을 갖고 있는 게 아닐까 해서요."

"……."

"그야 어쨌건 동료 형사가 순직한 사건이지 않습니까. 그러니 경찰 입장에서는 그 사건을 좀 더 파헤쳐 보려는 생각이 있지 않은가 하고 생각했습니다."

핀트는 조금 어긋나 있었지만, (일부)경찰이 이 사건에 위화감을 느끼고 있다는 박강호의 추측은 꽤 정확했다.

실제로 그날 김보성은 강하윤과 여진환을 따로 만나 '비공식적'인 상담을 나눴고, 정보가 모일 때까진 한동안 함구하자는 합의를 했다.

박강호가 말을 이었다.

"선배님이 오늘 이 자리에 저를 데리고 온 것도 실은 그것 때문이 아닙니까?"

"그렇게 생각했나?"

"예, 그게 아니라 단순한 인수인계 건의 연장선의 일이라면 사무원들과 함께했을 거라고 생각했습니다."

"하하, 이거 후배한테 밥 한 끼 사 주는 일도 꽤 신중해야겠군."

김보성은 너털웃음을 터뜨렸다가 표정을 고쳤다.

"맞아."

"……."

"어찌 되었건 자네에게 '비공식적인' 인수인계를 몇 가지 해 놓고 가야 한다는 생각을 했거든."

"……비공식적인 일입니까?"

"음."

김보성이 고개를 끄덕였다.

"솔직히 말하면 이 일은 파헤쳐 봐야 자네가 별로 재미 볼 일은 없을 거야."

"조설훈과 조지훈도 사망한 상태고요."

"그것도 있지만……."

그때 드르륵, 문이 열려 김보성은 입을 다물었다.

"2인분 나왔소잉. 잘 익혀 드쇼."

주인은 곱창전골을 냄비째 버너에 올려놓고는 방을 나섰다.

김보성은 익숙한 동작으로 버너를 틀어 불을 넣은 뒤 괜히 멋쩍어하며 웃었다.

"이거, 장소를 잘못 잡았군. 선배들처럼 룸살롱에 데려가야 했나?"

"아닙니다. 저 술도 못 마시는데요. 게다가……."

박강호가 주위를 두리번거리곤 씩 웃었다.

"사람들은 의외로 남에게 관심이 없습니다. 아저씨 둘이서 하는 이야기에 누가 귀를 기울이겠습니까?"

"하긴, 그 말대로야. 피차 아저씨고……. 그러고 보니 제수씨는 잘 지내나?"

"하하! 물론입니다. 아내에게도 선배님 안부 전하겠습니다."

"새삼스레 뭘."

그래도 덕분에 지나치게 심각해질 수 있는 분위기가 조금 누그러졌다.

"아무튼."

김보성은 일부러 아무것도 아니라는 듯 티를 내려 노력하면서 말을 이었다.

"다시 돌아가서…… 자네에겐 몇 달 전에 있었던 이야기부터 앞서 해야겠군."

"몇 달 전이라 하심은?"

"박상대 건일세."

김보성은 박강호에게 검찰총장의 주선으로 최갑철과 점심을 먹었던 이야기를 했다.

"그건."

박강호가 인상을 찌푸렸다.

"사실상 청탁이 아닙니까?"

"그렇지."

"하지만."

박강호는 찌푸렸던 인상을 펴며 김보성에게 웃어 보였다.

"지금 상황을 보니 선배님께선 그 '명령'을 따르지 않으셨던 거군요."

"……뭐, 그렇지."

그런 일로 자신을 존경하는 후배를 보고 있자니 김보성은 겸연쩍음을 감추지 않았다.

"어쨌거나 그 직후의 일일세."

김보성이 다시금 어조를 바꿔 말했다.

"식사 후 돌아가려는데 누군가가 불쑥 내 차로 들어오더군."

"……예?"

박강호가 딱딱한 얼굴이 됐다.

그 어떤 범죄자도 법조인만큼은 섣불리 건들지 않는다.

그런 불문율이 있었기에 검사들은 소신대로 일을 밀어붙여 올 수 있었던 것인데.

"아, 오해하지 말게. 범죄자 같은 게 아니라……. 흐음."

김보성은 잠시 뜸을 들였다가 신중하게 말을 이었다.

"그는 자신을 '얼마 전까지 남산에서 일했'고 하는 노인이었어."

구봉팔에게 추후 어떻게 대처를 하면 좋을지 떠들려던 그때, 내 뒤편의 옆방(정확히는 내가 앉은 자리의 등 뒤) 미닫이문 너머로 손님이 들어오는 소리가 들렸다.

'끄응, 하긴 이 자리가 비밀스런 이야기를 떠들어 대기 좋은 장소는 아니지.'

떨떠름해하는 내 얼굴을 본 구봉팔은 쓴웃음을 지었고, 강이찬은 묵묵히 밥을 떠먹기만 했다.

'장소를 옮길까.'

일단 먹던 밥이 남았으니, 그릇만 비우곤 자리를 뜨자고 생각하며 나는 숟가락을 놀렸다.

'다음부터는 장소 선정에 신중을 기해야겠어.'

뭐, 따지고 보면 전예은에게 그냥 밥만 먹겠다는 식으로 말한 내 잘못도 있지만.

'게다가 다른 곳도 아니고 광수대 근처이니, 여기 경찰 관계자들이 즐비할 수도 있고…… 응?'

그쯤, (상대방의 목소리가 제법 컸던 것도 있지만)어젯밤 금일 그룹 행사장에서도 체험한 '칵테일파티 효과'가 내 귀에 들어왔다.

"……재판장에 가지고 가고 싶으셨던 거 아닙니까?"

앞의 대화는 신경 쓰지 않아 듣지 못했지만, 내 귀는 '재판장'이라는 단어가 들린 순간부터 옆방의 대화를 잡아채기 시작했다.

"……성과를 올린 ……경찰들이 수사를 잘해 줘서……."

처음 대화를 감지한 상대방과 달리, 그 맞상대인 듯한 남자의 목소리는 가게에 틀어 놓은 TV소리와 소음 탓에 잘 들리지 않았다.

"그래도 보고서에 따르면……."

"보고서를 봤다면…… 경찰의 수사 능력이 빛을 발한 결과…… 구형을…… 결국 재판장에 넘긴 건 조세광뿐이기는 하지."

조세광.

착각이 아니었다. 상대방의 입에선 분명 조세광의 이름이 언급되었다.

그제야 나는 어딘지 귀에 익은 그 목소리의 주인이 누군지 눈치챌 수 있었다.

'김보성 검사!'

무척 공교로운 일이지만, 바로 옆방에선 김보성과 아직 그 정체를 알 수 없는 인물이 자리를 잡은 것이었다.

'이거 참, 운이 좋다고 해야 할지.'

아니면 여기 구봉팔과 동석해 있는 것이 들키기 전에 나가 봐야 되는 거 아닌가, 하는 생각마저 들었지만.

'……뭐, 들키면 조금 곤란하긴 하겠지만 딱히 죄 지은 것 도 아니고.'

무슨 이야기가 오가는지 조금 더 엿들어 보기로 하자.

구봉팔과 강이찬은 밥을 먹다 말고 옆방에서 들려오는 소 리에 귀 기울이는 나를 보며 의아한 얼굴이었지만, 눈치껏 입을 다물어 주고 있었다.

잠자코 들으며 정보를 수집해 보니, 김보성과 동행한 목소 리가 큰 상대는 김보성의 모교 후배인 듯했다.

김보성의 모교 후배가 이런 자리에 있다는 것부터가 범상 치 않은 일이니, 그는 지방으로 발령 난 김보성의 후임 검사 가 아닐까, 나는 생각했다.

"하지만 사실은 선배님도 조설훈이 죽은 사건에 위화감을 느끼지 않으셨습니까?"

"왜 그렇게 생각했나?"

"얼마 전 여진환 순경이 광수대에 오지 않았습니까."

여진환 순경.

강하윤이 내게 연락처를 알려 준, 커피에 관심이 지대한 인물이었다.

'그가 광수대에 방문했다고?'

아무래도 여진환은 강하윤과 함께 사건을 파헤치고 있는 듯했다.

'문제는 그게 언제인지 모르겠단 점이야.'

양상춘이 부여한 나에 대한 혐의가 거두어졌을 때의 일인지, 아니면 그 이후인지.

만일 전자라면 여진환이 커피를 핑계로 나를 만나 보고자 했다면 그는 내게 별도의 꿍꿍이가 있었던 것일 테니까.

'게다가 그는 이번에 순직한 형사의 버디인 석동출 형사와 친하다고 했지…….'

나는 그가 꽤 교활하다고 생각했다.

'여기서 추가 성과라고 한다면…… 여진환이 김보성의 후임으로 온 검사와 연결 고리가 있단 걸 알았단 건데.'

써먹을 일이 있을지 모르는 정보긴 하지만, 아무것도 모르는 것보단 낫다.

내 추측대로 그 이름을 언급한 것에 대해, 후임 검사는 일부 경찰들이 아직 조설훈과 조지훈이 사망한 사건에 관심을 기울이고 있다는 언급을 했다.

'강하윤도 꽤나 여기저기 찔러 보고 다니는 모양이군.'

그리고 김보성 역시도 조설훈이 사망한 사건에 위화감을 갖고 있는 듯했다.

그 상태에서 옆방의 미닫이문이 드르륵 열리는 소리에 나는 나도 모르게 움찔했다.

식당 주인이 곱창전골을 놓고 간 모양이었다.

'놀라라.'

움찔하긴 저쪽도 마찬가지였던 모양인지, 이후 이런저런 이야기가 이어졌다.

"이거, 장소를 잘못 잡았군. 선배들처럼 룸살롱에 데려가야 했나?"

"아닙니다. 저 술도 못 마시는데요. 게다가…… 사람들은 의외로 남에게 관심이 없습니다. 아저씨 둘이서 하는 이야기에 누가 귀를 기울이겠습니까?"

그거 미안하게 됐네.

그리고 김보성은 후임 검사에게 박상대가 살아있을 적, 검찰총장의 소개로 최갑철과 식사를 함께했다는 이야기를 했다.

'최갑철 의원도 당시엔 나름대로 힘을 쓰긴 했군.'

하지만 이번엔 상대를 잘못 골랐다고밖에.

'즉, 김보성은 검찰총장의 명령을 거역한 대가로 지방 좌천을 당하게 된 건가……. 전생을 아는 나로선 그가 이미 검찰총장의 눈 밖에 나 있었다는 걸 알고 있지만 그 당시 김보성

이 어떤 선택을 했느냐에 따라선 중앙으로 갈 기회도 충분히 존재했군.'

김보성의 조곤조곤한 목소리가 희미하게 이어졌다.

"어쨌거나 그 직후의 일일세. 식사 후 돌아가려는데 누군가가 불쑥 내 차로 들어오더군."

"……예?"

"아, 오해하지 말게. 범죄자 같은 게 아니라……. 흐음."

김보성은 잠시 뜸을 들인 뒤 말을 이었다.

"그는 자신을 '얼마 전까지 남산에서 일했다'고 하는 노인이었어."

그 대목에서 나는 움찔했다.

'설마하니 곽철용 말인가?'

언젠가 곽철용과 일산출판사 인수 건으로 만났을 때, 나는 그에게 김보성에 대해 아는지 물어본 적이 있었다.

「아는 사이십니까?」

그는 이렇게 대답했다.

「우연한 기회에 한 번 인사를 나눈 적은 있다.」

'그리고 그건, 지금 김보성이 말하는 시점의 일이군.'

박상대가 아직 살아 있는 동안, 그리고 최갑철이 아직 박상대를 포기하지 않고 검찰총장을 통해 김보성에게 압력을 가하는 시기였다.

후임 검사는 김보성의 말에 당황했는지 아무 말도 못 하다가 힘겹게, 그리고 목소리를 조금 낮춰(그래 봐야 내 등 뒤 미닫이문 하나를 사이에 둔 사이라 내겐 목소리를 낮춘 의미가 없지만) 물었다.

"설마 안기부 말씀이십니까?"

"그래."

"그럼 혹시 거기서도 선배님께…… 박상대 건에서 손 떼라는 압력을 행사했습니까?"

"그 반댈세. 오히려 신념대로 일을 밀어붙이길 종용하며 내게 박상대가 조광과 유착한 정황 정보까지 제공했지."

"……."

"그리고 돌아가면 재밌는 일이 기다리고 있을 거라더군. 또, 실제로 그 말대로 됐어. 도깨비 신문이라고 아나?"

"예, 알고 있습니다."

"음, 돌아가니 거기서 박상대에 대한 보도를 터뜨렸더군."

"……그날이었군요."

"맞아. 그게 사실상 박상대의 몰락이 시작된 단초였지."

"그러면 도깨비 신문이라는 곳은 안기부가 뒤에서 조종하던 곳이었습니까?"

"……처음에는 나도 그렇게 생각했어. 하지만 그 노인이 원체 말을 아꼈어야 말이지……. 그날은 꽤 많은 일이 있었거든."

음, 김보성이 하교하려는 나를 찾아오기도 했고.

"지금 와선 어쩌면 노인이 내게 의미심장하게 말한 건 국과수의 감식 결과를 먼저 알고 있었던 것에 불과했던 건 아닐까, 하는 생각이 들더군. 그날은 한강에서 발견된 변사체의 신원이 누구라는 것이 밝혀진 날이기도 했거든."

"흠, 그래도 저라면 도깨비 신문과 안기부의 유착을 집중적으로 파헤쳐 보았을 거 같은데요."

"해 봤네. 심지어 당사자를 직접 만나 보았지."

"그러셨습니까?"

"음."

그 말을 엿들으며 나는 그날 김보성이 나를 찾아와 떠본 건 역시 도깨비 신문 때문이었다는 걸 새삼 재확인했지만, 그게 '안기부'의 존재를 염두에 둔 것이었다는 건 이번에 처음 알았다.

김보성이 말을 이었다.

"즉, 결과적으로 안기부는 박상대의 몰락을 바라고 있었어. 그 노림수가 박상대인지 아니면 배후의 최갑철 의원인지, 혹은 조광인지까지는 나도 장담하지 못하지만……."

"그러면 선배님 말씀은 조설훈이 죽은 것도 어쩌면……?"

"모르지, 그건. 어쨌건 이 일에 안기부가 개입해 있을지도 모른단 생각이 드니 신중하게 접근해야겠다는 생각을 하게 되더군."

"신중하게……."

"박 검사도 그 정도 분별은 할 줄 알겠지?"

미닫이문 너머는 침묵이 이어졌다.

'이거, 꽤나 유용한 정보를 얻었군.'

만일 조설훈의 죽음에 안기부가 개입해 있고, 그걸 의심하는 사람이 있다고 한다면.

'곽철용에게 빚을 지울 수도 있겠어.'

그 순간, 김보성은 불현듯 기묘한 고요를 감지했다.

'혹시 지금 옆방에…… 사람이 있나?'

일종의 직감이었다.

어느 복어 요릿집에서 도청된 내용이 정치 스캔들로 번졌던 것이 불과 몇 해 전 일이었다.

설마하니 광수대 근처 식당에 그런 간 큰 짓을 할 사람은 없겠지만, 김보성은 나름대로 고른다고 고른 곳이 누군가가 엿듣기 딱 좋은 곳이라는 것도 부정하기 힘들겠다고 생각했다.

만약 손님이 있었다면 방금 나눈 이야기는 다 들렸을 것이다.

김보성은 얼른 수첩을 꺼내 무어라 끼적인 뒤, 쓴 내용을 박강호에게 보여 주었다.

–아무 이야기나 해.

박강호는 그제야 등 뒤를 힐끗 돌아보곤 고개를 끄덕이더니 입을 열었다.

"그러고 보니 선배님, 집은 구하셨습니까?"

"집? 아, 구했지. 전세로 구해 두었어."

"이미 준비는 다 마쳐 두셨군요. 단신 부임이십니까?"

박강호는 아무래도 좋은 이야기를 떠들며 수첩을 꺼내 끼적인 뒤 이를 김보성에게 보여 주었다.

–열어 볼까요?

김보성은 고개를 저었다.

"음, 아무래도 애들 교육 문제도 있고 해서 나 혼자 내려갈 셈이야. 큰애가 내년에 중학생이 되는데…….'

김보성이 수첩에 쓴 내용을 박강호에게 보여 주었다.

─신중하게.

박강호가 고개를 끄덕였다.

"벌써 그렇게 됐습니까?"

"그러게 말이야."

그러며 두 사람은 옆방에 무슨 인기척이 들리지는 않는지 귀를 기울였다.

"아, 그러고 보니까 아드님이 학교 부회장이라면서요."

"말이 좋아 부회장이지 그냥 선거에서 진 거지만."

"하하, 가차 없으시네요."

"상대가 나빴어. 내 딸 말로는 그쪽에 머리 좋은 참모가 있었다나. 하하."

박강호는 자리에서 일어 설 준비를 했다.

"아, 화장실 좀 다녀오겠습니다."

"그래."

박강호는 미닫이문을 열어 비치된 슬리퍼를 신고 나갔다가 방을 잘못 찾은 실수인 척 옆방 문을 드르륵, 열었다.

"아, 죄송……."

일부러 연극까지 했지만 그 보람도 없이, 식사한 흔적만 남아 있을 뿐 방은 비어 있었다.

"흠."

나가는 소리가 안 들렸으니, 저들은 식사를 마치고 꽤 오래 전에 나간 모양이었다.

'착각이었나?'

도둑이 제 발 저리는 법이라고, 안기부 같은 조직을 입에 담았더니 서로가 필요 이상으로 신중해진 모양이라 생각하며 박강호는 피식, 웃음을 터뜨리고 말았다.

'하기야, 지금이 서슬 퍼런 5공 시절도 아닌데 말이야.'

그때 등 뒤에서 주인이 배꼼, 방을 보더니 호들갑을 떨었다.

"하이고야, 이 사람들 돈도 안 내고 가 부렀네."

"예?"

"애 데리고 와가 그라믄 애가 뭘 보고 배우……. 아이고야, 착각했다."

욕을 한바가지 쏟아 낼 기색이던 주인은 테이블에 놓인 돈을 보더니 객쩍은 말을 중얼거렸다.

"내가 바빠 가지고 그냥 갔나 보네. 응."

쟁반을 들고 방을 치우러 들어가는 주인을 보면서, 박강호는 턱을 매만졌다.

'……애?'

'씁, 큰일 날 뻔했네.'

나는 식당 입구 틈새로, 후임 검사가 우리 방을 열어 보는 걸 지켜보며 가슴을 쓸어내렸다.

'제때 빠지길 잘했어.'

기묘한 침묵 이후 두 사람은 의도적으로 그러듯 환담을 주고받았다.

거기서 나는 곧장 저들이 다른 방의 손님(우리)을 본격적으로 의식하기 시작했음을 느끼곤 이제 빠져나갈 때라는 직감이 들었다.

이쪽 역시 저들에게 부자연스럽다면 부자연스러운 침묵으로 일관해 온 것이다.

'조심해서 나가죠.'

나는 구봉팔과 강이찬에게 입을 벙긋거려 그렇게 전달했고, 강이찬은 아무런 소리도 내지 않고 자리에서 일어나 어떻게 했는지 일체의 소음 없이 스르륵, 미닫이문을 열었다.

나는 테이블에 곱창전골 3인분 값에 팁까지 얹어 놓은 뒤, 구봉팔을 따라 식당의 자연스러운 소음에 섞여 방을 나왔다.

후임 검사의 행동을 확인하자마자 나는 곧장 몸을 돌려 주차해 둔 회사 차에서 대기하고 있던 강이찬과 구봉팔에게 다가갔다.

"움직이면서 이야기하죠. 일단 여의도로 가 주세요."

"예."

나는 강이찬이 열어 준 차 뒷좌석에 올라탔고, 구봉팔은 망설이다가 내가 비켜 준 옆자리에 자리를 잡았다.

강이찬은 운전석에 앉자마자 차를 몰았다.

얼마간 차를 몰아 우리가 광수대 인근에서 멀어지고 나서야 구봉팔이 입을 뗐다.

"누구였습니까?"

"김보성 검사와 그 후임 검사였습니다."

내 말에 구봉팔은 물론이고 강이찬까지 눈을 껌뻑였다.

"그랬……습니까?"

그제야 구봉팔은 내가 그들의 이야기를 엿들은 것과 그들에게 들키지 않게 식당을 몰래 빠져나와야 했던 이유를 헤아린 듯했다.

"제가 없었더라면 인사라도 하고 올 수 있었을 텐데요."

"그렇지만도 않아요. 검사님들은 초장부터 꽤 심각한 이야기를 주고받았거든요."

"아."

구봉팔이 머리를 긁적였다.

"심각한 이야기라니, 무슨 내용이었습니까?"

보아하니 그들이 앉은 자리에선 김보성 일행이 나누는 이야기가 들리지 않은 모양이었다.

'한편으론 내가 옆방 가까이 앉은 것이 행운이었군.'

또 한 가지 더 행운이라고 한다면 김보성이 내게 유용한 정보를 흘렸다는 것도 있었다.

'어쩌면 김보성은 이미 조설훈의 죽음에 안기부가 개입해 있을지도 모른다는 결론에 다다라 있을지도 모르겠어.'

하지만 두 사람 앞에서 그런 이야기를 꺼내는 건 나로서도 주의해야 할 일이었다.

구봉팔은 내 편이긴 하되 내 부하 같은 위치라기보다 어느 정도 이해관계가 맞아떨어진 동맹 관계였고, 그에게 나와 조세화 둘 중 한 사람을 고르라고 하면 그는 조세화를 택할 그런 사람이었다.

내가 살펴본 바, 그는 조설훈에게 딱히 개인적인 원한이 있었던 것도 아니었던 데다가—가만 보니 조세광 아래서 구른 것조차 스쳐 지나가는 해프닝 정도로 생각하는 모양이고—생전의 조성광 회장에겐 '신세를 졌다'고도 말할 수 있는 인물이었으므로, 그는 조성광에 대한 의리를 지키기 위해서라도 조세화의 편에 설 것이기 때문이었다.

'그러니 구봉팔이 이번 일에 처음부터 안기부가 개입해 있었다는 걸 알게 된다면…… 나한테는 별로 재미없겠지.'

그래서 나는 완전히 거짓말은 아닌 이야기를 그들에게 풀어 주었다.

"김보성 검사님은 후임에게 사건 일체를 인수인계 중이더군요. 김보성 검사님에겐 제가 그 내용을 안다는 것 자체가 달갑지 않을 테니, 일부러 감췄습니다."

"……하긴, 그도 그렇겠군요."

그 정도만 하더라도 구봉팔은 얼추 알아들었다.

구봉팔은 조설훈 아래에서 일종의 이중 첩자 노릇을 해 왔고, 그가 한 행동 몇 가지는 수사에 도움을 주거나 방해를 했으니까.

도움을 준 부분조차 '떳떳치 못한 방법'을 사용했으니, 그런 구봉팔이 SJ컴퍼니의 이성진과 건조한 비즈니스적 관계를 넘어 이 시국에 식사를 함께하고 있다는 걸 김보성이 알게 되면 그는 내 선의(?)를 의심하게 될 여지가 다분했다.

구봉팔이 쓴웃음을 지으며 말을 이었다.

"게다가 사장님 계획대로라면 저는 지금 중태에 빠져 있어야 할 테니 말입니다."

"그렇죠. 특히 공인들 눈에 띄면 안 되겠죠."

도중에 김보성의 난입(?)으로 이야기를 하다 말았지만, 나는 그 직전, 구봉팔에게 그런 부탁을 했던 찰나였다.

그리고 기대했던 대로 구봉팔은 우리 옆방에 김보성이 있었다는 문제를 논하는 대신, 당장 본인이 처한 입장을 우선시했다.

뭐가 되었건, 당사자에겐 자신이 당면한 문제를 우선시하는 것이 당연한 일이니까.

"그런데 사장님, 그렇게 하면 상대방의 의도대로 놀아나는 꼴이 되지 않겠습니까?"

구봉팔 역시도 상대가 자신의 발을 묶어 두기 위해 습격을 기획했다는 정도는 짐작하고 있었다.

웨이터를 매수하는 등 나름대로 공을 들이긴 했지만, 이 바닥에서 잔뼈가 굵은 구봉팔이 보기에 그들이 부린 수작은 어린애 장난 같은 것일 터.

상대방 역시도 마찬가지로 습격이 성공할 거라고는 보지 않았을 것이고, 어젯밤 습격은 어디까지나 구봉팔에게 '메시지'를 전달하는 수단이자 도발에 불과했다.

여기서 상대방이 기대할 수 있는 구봉팔의 행동은 두 가지로, 구봉팔이 조세화와 손을 잡는 것과 이 일을 사주한 범인을 찾아다니는 것.

그 과정에 꼬투리를 잡을 수 있는 일이 생겨 준다면 구봉팔을 조광이라는 이 '합법적인' 회사 자리에서 내칠 수 있을 것이고, 그렇지 않더라도 구봉팔의 발을 잡아 두는 정도는 가능하다.

그것이 상대의 노림수겠지만, 여기엔 그들이 간과한 변수가 있다.

"표면상으로는 그렇게 보이겠지만, 당시엔 저들이 간과한 부분이 있습니다. 그걸 미리 알았더라면 어제 같은 습격은 없었겠죠."

잠시 생각하던 구봉팔은 알아들었다는 듯 고개를 끄덕였다.

"……아, 그렇군요."

그건 어제 조세화가 삼광 그룹과 손을 잡는 듯한 정황이 나왔다는 것.

이 상황에서 (구봉팔 본인 앞에서 대놓고 말할 수는 없지만)어젯밤 습격은 우리에게 호재였다.

원래 계획으로는 조세화가 나(이성진 = 삼광)과 손을 잡았단 소문을 퍼뜨린 뒤, 구봉팔은 은근히 조세화를 지지하는 듯 보이게 만들어 현 조광과 조세화 측에 일종의 대립 구도를 만드는 것이었다.

그 상황에서 조광은 부랴부랴 세력을 끌어모으겠지만, 우리는 서로 딴마음을 품고 있는—그것도 세력으로 치면 힘의 저울이 비등비등한—놈들이 제대로 규합될 리가 만무하다고 보았다.

더군다나 막대한 유산을 상속받은 조세화가 알아서 조광의 경영권을 내려놓고 물러가는 마당에 당장 눈앞의 황금은 지대한 유혹.

저들의 임시 동맹은 머지않아 깨질 것이고, 저들끼리 주인 빠진 집안싸움으로 힘을 소모하게 내버려 두었다가 나중에 조광에 심어 두고 중립인 척하던 구봉팔을 통해서 조광의 이름을 되찾아 오잔 계획이었다.

다만, 아무리 구봉팔이 조광 내부에서 힘을 써 준다곤 하나 이 과정에서 우리는 정부 기관에 상속세를 떼이듯, 내분으로 조각나 너덜너덜해지고 불완전한 조광을, 그것도 한참 뒤에야 거둬들이게 될 뿐이다.

그러니 나로서는 이대로, 어젯밤 습격을 지나가는 해프닝 정도로 여기고 이대로 사태가 흘러가도록 내버려 두어도 당초 계획에서 틀어지는 일은 없다(물론 습격 자체는 괘씸한 일이긴 하지만, 범인이 '나 범인이오.' 하고 나와 줄 리도 만무하고).

아까 전 식당에서 구봉팔은 어젯밤에 겪은 습격 같은 것이 조세화에게도 찾아갈지 모른단 우려로 인해 '공개 지지'라는 방안을 떠올린 모양이지만, 그가 염려하는 것과 달리 상대는 조세화에게 위해를 가하지는 않는다.

어쨌건 조광 그룹에 조세화는 중요한 '명분'이고, 이 싸움에 직접적으로 '명분'을 건드리는 건 경쟁 세력으로 하여금 공격의 구실을 제공할 뿐이니까.

그리고 구봉팔의 생각도 마냥 근거는 없는 것이 설령 상대방이 의도한 대로 조세화와 구봉팔이 '일찍' 손을 잡는다 하더라도(사실 구봉팔과 조세화가 공식적으로 손을 잡는단 예정은 없지만), 구봉팔이 존재하지 않더라도 그들에겐 예정된 내분과 몰락이 기다리고 있을 뿐이다.

'게다가 그만큼 나중에는 쭉정이만 남을 거고.'

하지만 이때 구봉팔이 불의의 습격을 받아 리타이어했단 소문이 퍼질 경우 상황은 당초 계획과는 또 다른 방식으로 흘러갈 것이다.

'구봉팔의 역할을 대신할 수 있다고 생각하는 놈들이 나오

게 되겠지.'

조세화가 삼광과 손을 잡는 것이 기정사실화된 마당에 가선, 어중간한 세력들 입장에는 다른 파벌과 임시 동맹을 맺고 조세화가 가진 지분을 빼앗아 오려 노력하는 것보단 차라리 조세화에게 붙어 반사이익을 노리는 것이 더 '합리적'인 판단이 되는 것이다.

만약 제3세력으로 위치가 확고한 구봉팔이 남아 있다면 그만큼 자신의 몫이 줄어들게 되겠지만, 구봉팔이 없다면 조세화 곁에 붙어서 그 반사이익을 누릴 대상은 바로 자신이 되리라 생각할 것이 이 바닥 사람들이다.

'게다가 주지하듯 중학생 여자애한테서 경영권을 빼앗아오는 건 손쉬운 일이라 생각할 테니까.'

내게서 이러한 내용을 전해들은 구봉팔이 다시 입을 뗐다.

"그러면 저는 한동안 두문불출해야겠군요."

"예, 죄송하지만 부탁드리겠습니다."

"아닙니다. 어려운 일도 아닌데요. 부하들 입단속이나 잘 시켜야겠습니다."

구봉팔은 그렇게 말한 뒤, 잠시 뜸을 들였다가 내게 물었다.

"그래도 이 작전이 보다 자연스러우려면 저는 부하들이 어젯밤 습격을 사주한 인물을 찾는 일을 말려서는 안 되겠군요?"

그렇게 말하는 구봉팔의 목소리엔 스산한 살기가 배여 있었다.

'거참, 이럴 땐 새삼 조폭 출신인 게 와닿는군.'

조설훈 파벌이 조설훈을 중심으로 뭉치고, 조지훈 파벌이 조지훈을 중심으로 뭉치듯, 구봉팔의 세력 역시 그를 중심으로 뭉쳤다.

그리고 재단에서 직접 그들을 본 바, 구봉팔의 부하들은 구봉팔의 말이라면 껌뻑 죽은 척도 해 줄 정도로 그에게 충성을 바치고 있었다.

솔직히 조금 쫄았지만, 나는 미소 띤 얼굴로 고개를 끄덕였다.

"그럼요. 하지만 너무 잘 찾으면 안 됩니다. 찾아도 당장은 손대면 안 되고요."

"걱정하지 마십시오."

구봉팔은 씩 웃으며 내 말을 받은 뒤, 운전석의 강이찬을 보았다.

"그러면 저는 이 기회에 겸사겸사 서울을 떠나 있는 것이 좋을지도 모르겠습니다."

구봉팔은 강이찬이 부탁한 일도 알아 볼 심산인가.

"그러시죠. 저로서도 추후 물류 유통을 원활하게 하려면 지방에도 구심점을 만들어 둬야 할 테니까요."

"그쪽도 수배해 보겠습니다."

이야기를 하는 사이 차는 마포대교를 지나 여의도에 도착했다.

"여기서 헤어지죠. 알아보는 사람은 없겠지만 작전을 위해 서니까 신경 써 주세요."

"그러겠습니다. 그러면……."

그때, 잠자코 이야기를 듣기만 하던 강이찬이 입을 뗐다.

"사장님, 사장님만 괜찮으시다면 부탁드릴 것이 있습니다."

"네?"

여기서 강이찬이 끼어들 줄은 몰랐기에 나는 조금 놀랐지만 크게 내색하지 않을 수 있었다.

"그럼요. 말씀해 보세요."

"예. 허락해 주신다면…… 며칠간 휴가를 받고 싶습니다."

"……."

흠, 강이찬은 이 기회에 구봉팔과 지방으로 동행하고 싶은 모양이로군.

'……차라리 잘됐나?'

강이찬은 내버려 두면 '그동안 감사했습니다.' 하는 사표를 남겨 두고 훌쩍 떠나가 버릴 것 같은 인간이기도 하고, 오히려 구봉팔이 곁에 붙어 있으면 그가 억제기 역할을 수행해 줄지도 모른다.

"그러시죠."

"……예?"

강이찬은 내가 흔쾌히 수락할 줄은 몰랐다는 듯 되레 놀랐
다.

"차라리 지금부터 구봉팔 씨와 함께하세요. 차량도 지원해
드리겠습니다. 지방이라곤 하나 지금은 구봉팔 씨도 입장상
드러내 놓고 다닐 수 없는 상황이시고."

대놓고 감읍할 정도는 아니었지만, 그치고는 꽤 다채로운
표정을 보여 주며 강이찬은 꾸벅, 고개를 숙였다.

"……감사합니다."

"저는 적당한 곳에 내려 주세요. 여의도에는 택시도 많고
회사에는 택시 타고 가면 되니까요……. 저쪽 사거리가 적당
하겠네요."

"회사에 바래다드리지 않아도 되겠습니까?"

"번거롭잖아요. 구봉팔 씨도 계신데."

구봉팔의 아지트랄 수 있는 재단과 내 회사는 반대 방향이
니까.

'게다가 지금은 혹시라도 전예은이랑 마주하게 하고 싶지
않아.'

개인적인 바람이지만 되도록 전예은은 뒤가 구린 일을 몰
랐으면 했다.

강이찬은 내 지시대로 차를 세웠고.

"아 참."

나는 차에서 내리기 전, 뒷좌석 박스를 열어 향수를 꺼내 손목에 묻혔다.

"음식 냄새가 남아 있을 수 있거든요."

그 뒤, 차에서 내린 나는 방향을 크게 꺾어 멀어지는 강이 찬 일행을 눈으로 배웅하며 택시를 기다렸다.

'흠, 나중에 상황이 정리되면 스프레이형 탈취제 개발도 해 봐야지.'

그런 생각을 하면서.

"오셨어요, 사장님."

회사로 돌아온 나는 전예은의 인사를 미소로 받았다.

"네, 식사는 하셨고요?"

"네! 아, 사장님, 식당은 어떠셨나요?"

전예은은 싱글벙글 웃으며 물었고, 과정이야 어찌 되었건 식당 자체는 꽤 괜찮았기에 나는 긍정적으로 답했다.

"괜찮더군요. 오랜만에 잘 먹었습니다. 고마워요."

"아니에요. 사장님께서 만족하셨다니 다행이네요."

"그런데 가 보니 식당 근처에 광수대 본부가 있는 거 같던데요."

"네. 언젠가 하윤 언니가 이야기했던 기억이 났거든요."

역시나 그랬군.

그래도 그 덕에 소정의 성과를 거둘 수 있었으니, 나는 그 일을 문제 삼지 않기로 했다.

"오전 중에는 별일 없었죠?"

"큰일은 없었지만 11시쯤에 김민혁 이사님이 찾아오셨어요."

"그래요?"

"네. 하지만 사장님이 부재중이신 걸 알고는 나중에 다시 오겠다며 돌아가셨습니다."

오늘은 그가 알선한 곽성훈의 면접이 있으니, 김민혁도 그걸 겸해서 얼굴을 비추러 들른 모양이었다.

전예은 역시 김민혁의 방문 목적이 그런 별 대단치 않은 것임을 알아보곤 내게 따로 연락을 하지 않은 것이리라.

'하긴, 그때쯤이면 아마 김보성이 후임 검사와 나누는 대화를 엿듣고 있을 때였으니 그때 핸드폰이 울리지 않은 건 다행이라 할 수 있겠군.'

설령 들키더라도 알아서 빠져나갈 자신은 있었지만, 긁어 부스럼 만들 필요는 없으니까.

"알겠습니다. 예은 씨도 1시에 면접 예정인 건 숙지하고 계시죠?"

"예, 면접은 사장실에서 보실 예정이죠?"

"네. 그래도 그분 됨됨이는 어제 미리 알아봤으니 예은 씨가 너무 부담 가지실 건 없어요. 나중에 차나 한잔 부탁드리겠습니다."

"네, 사장님."

전예은은 김민혁을 통해 어제 금일 그룹 행사장에서 무슨 일이 있었는지 꿰뚫어 보았겠지만, 그녀는 그런 일에 대해 전혀 모른다는 듯한 태도로 일관했다.

먼저 묻지 않으면 말하지 않는다.

우리 둘 사이에는 어느새 그런 암묵적 룰이 자리 잡고 있었다.

오늘 윤아름의 픽업을 부탁했을 때도, 그녀는 연예계에 떠도는 소문과 그 진위성을 알고 있었을 것임에도 불구하고 내겐 아무런 말도 하지 않은 것이다.

전예은은 김승연의 실물을 보자마자 관계자들이 그토록 함구하고자 한, 그녀의 부친이 실은 안형욱이라는 것도 알아차릴 것이다.

그럼에도 전예은은 내게 아무런 말도 하지 않았다.

'심지어 강이찬의 과거사가 어떻다는 것도 말하지 않았을 정도니까……'

그것도 그가 원래는 안기부 소속이라는 것을 알고 있을 것임에도 불구하고.

'뭐, 전예은의 능력에 너무 의존하는 것도 좋지는 않지. 그랬다간 전예은이 나를 배신하고자 했을 때 대처하기 힘들어

질 거야.'

나는 강이찬을 생각한 김에 전예은에게 통보했다.

"아, 그리고 예은 씨. 강이찬 씨는 한동안 휴가니까 알아두세요."

"휴가요?"

강이찬이 휴가를 신청했단 내 말에 전예은은 조금 놀라더니, 잠시 망설이다가 고개를 끄덕였다.

"알겠습니다. 기재해 둘게요. 그러면 당분간 강이찬 씨의 대리인을 알아볼까요?"

"괜찮습니다, 그동안은 택시라도 타면 되니까요. 예은 씨도 그 점 숙지해 주세요."

"……예."

그 뒤 전예은과 작별한 나는 사장실로 들어와 컴퓨터를 부팅하곤 의자에 엉덩이를 붙였다.

'그것 보라지.'

전예은은 분명 강이찬이 휴가를 이용해 무엇을 하려 할지 짐작하고 있으면서도 내게 그 행적에 대해 경고하는 대신 그 말을 곧이곧대로 받기만 할 뿐이었다.

'어쩌면 그로 인해 내가 불미스런 일에 연루될 수도 있는데도 불구하고 말이야.'

전예은도 거기까지 생각 못 할 만큼 생각이 얕은 사람은 아니니, 이번 경우엔 강이찬을 믿고 있다고 생각하기로 했다.

'이래서야 냉정한 건지, 잔정이 많은지 모르겠군.'

그래도 나중에 올 곽성훈에 대해서는 전예은과 나 사이의 암묵적인 룰을 깨트리고 그가 어떤 인물인지 대놓고 물어볼 예정이다.

곽성훈의 현재 서류상의 스펙을 차치하더라도, 그가 전생에 이룬 성과를 알고 있는 나로선 그 능력 면에서야 두말하면 입이 아플 정도이나 내가 주목하는 건 다른 부분이다.

'능력 면에서 그를 높이 사는 나도 정작 곽성훈의 꿍꿍이를 모르겠거든.'

곽성훈은 한 차례 내 제의를 거절했다가 내가 무대에 올라 바이올린을 연주하는 걸 보고 난 뒤 생각을 고쳤다고 했지만, 내심으론 그뿐이지는 않을 거라고 생각하고 있다.

'나중에는 금일을 집어삼킬 정도의 인간이니 그 야심도 만만찮을 것이고.'

나는 이 시대 컴퓨터의 특징인 오랜 부팅을 기다리며 가방에서 비디오테이프를 꺼냈다.

CBS에서 받아 온, 바이올린 신동의 연주를 녹화한 비디오 복사본이었다.

'여기 나오는 꼬맹이에게 내가 느낀 위화감의 정체에 대해서도 물어보고 싶지만…….'

전예은의 능력에는 '직접 만나 본 대상'에만 적용된다는 나름의 리스크가 있었다.

그러니 내가 이 바이올린 신동에 대해 알아보는 것도 이 꼬맹이가 한국에 들어오고 나서, 그것도 전예은에게 이 여자애를 보여 주고 난 뒤가 될 것이다.

'그나저나 백하윤은 그 비디오를 보자마자 어디론가 전화를 걸었더랬지.'

나 같은 문외한이 그 재능을 알아보았을 정도이니, 백하윤도 응당 그 재능의 비범함을 단박에 알아챘을 것이다.

그런데 백하윤은 나와 함께 그 재능에 대한 감상을 나누는 대신, 마치 급한 볼일이 있는 것처럼 비디오를 챙겨 황급히 자리를 떴다.

'설마, 나랑 동상이몽 중인 건 아니겠지?'

나는 가만히 앉아 비디오테이프를 톡톡 두드리다가 벽에 걸린 시계를 보았다.

'지금은 채한열도 잠자리에 들었겠군. 백하윤이랑 무슨 이야기를 했는지 알아보려면 한참 뒤에나 가능하겠어.'

결국 나는 하는 수 없이 약속한 시간이 될 때까지 짬을 내 업무를 보기로 했다.

곽성훈은 약속한 대로 1시가 되자마자 사장실로 찾아왔다.

"안녕."

나는 자리에서 일어나 곽성훈을 반겼다.

"어서 오세요, 형. 헤매지는 않으셨죠?"

"응, 위치가 좋은걸."

곽성훈은 내 악수를 받으며 말을 이었다.

"오히려 헤맬 줄 알고 일찍 오는 바람에 견학도 조금 했어. 아, 민혁이랑 동행한 데다가 보안에 걸릴 만한 일은 안 했으니까 안심해도 좋아."

실질적으로는 어제 처음 본 사이인 데다가 오늘로서 두 번째인 구면임에도 불구하고, 그는 남으로 하여금 마치 오래전부터 잘 알고 지낸 사이인 것 같단 착각을 하게 만드는 힘이 있었다.

"괜찮아요. 회사는 어때 보여요?"

"흠."

곽성훈은 빙그레 웃는 것으로 대답을 대신했다.

'좋다는 건지, 문제가 산재해 있다는 건지.'

물론 전자일 것이다.

이휘철에 의해 떠맡듯 시작한 사업이기는 하지만, 나 스스로도 꽤 건실하게 운영해 왔다고 자부하는 중이니까. 에헴.

"일단 자리에 앉을까요?"

"그래."

우리는 사장실에 비치된 응접용 소파에 마주보고 앉았다.

"아까 회사가 어때 보이냐고 물었지?"

곽성훈은 자리에 앉자마자 그렇게 물었고, 나는 고개를 끄덕였다.

"네."

"그건 SJ컴퍼니 하나만 놓고 하는 말이니?"

곽성훈의 말에 나는 나도 모르게 자세를 고쳐 앉았다.

"무슨 말씀인가요?"

분명 여기서 갑은 고용주이자 면접관인 나일 텐데, 나는 왠지 모르게 이 순간만큼은 그 반대인 것처럼 느껴졌다.

"아직 조직을 제대로 파악하지 못한 입장인 데다가 잠깐 보고 말았을 뿐인 내가 할 말은 아니지만…… SJ컴퍼니 자체만 놓고 보자면 뭘 하는 회사인지 잘 모르겠다는 게 내 솔직한 심정이야."

이거, 꽤 아프게 뼈를 때리는군.

곽성훈이 지적한 대로 지금 SJ컴퍼니는 '돈 되는 일은 다 해 본다'는 것에 가깝고, 그 말인즉 이거다 싶게 회사를 대표하는 정체성은 확립되지 않은 상황이다.

현 시점의 SJ컴퍼니는 SJ엔터테인먼트며 SJ소프트웨어를 비롯한 각종 자회사를 갖춘 모회사이면서 그 자체가 삼광전자의 하청을 받는 자회사이기도 했다.

여기에 MP3며 클립의 디자인 및 UI등 여러 가지 특허를 쥐고 있고, 삼광전자의 멀티미디어 사업부에서 떨어져 나온 것이 설립의 시초인 만큼 데스크톱 컴퓨터 유통이나 게임기

기의 라이센스 관리 및 소프트웨어의 퍼블리셔 등도 겸하고 있었다.

여기에 수평 방향으로 눈을 돌리면 외식 브랜드이자 유통업체인 S&S를 합자 형태로 운영 중이고, 나중엔—곽성훈도이미 어렴풋이 짐작하고 있겠지만—금일 그룹과도 프로젝트를 진행할 예정이다.

그 외에도 딱히 명시되어 있지는 않지만 우리는 개구리 컴퓨터, 도깨비 신문 등의 투자자이자 한컴의 주주도 겸하고있다.

'더군다나 얼마 전엔 출판사도 인수했으니, 꼴에 주제도 모르는 문어발 확장이라고 비난받아도 할 말은 없지.'

굳이 변명해 보자면 제대로 회사를 경영해 본 것이라곤 이번 생이 처음이라는 것과 눈앞에 굴러다니는 황금을 하나둘줍다 보니 지금의 사태로 발전한 것이라고, 들을 사람 없는아우성을 해 보련다.

한편 내 표정이 어땠는지, 곽성훈은 내 얼굴을 보며 웃었다.

"뭐, 그렇다고 해서 나쁘단 의미는 아니고. 오히려 이 정도로 전망 좋은 사업만 골라잡은 것이 놀라울 정도야."

"왠지 칭찬으로만은 들리지 않네요."

내 툴툴거림에 곽성훈은 소리 내서 웃었다.

"하하, 그렇게 들렸니? 하지만 각각 모두가 저마다의 잠재성이 있고, 나중에 그 잠재성이 폭발할 때가 오면 급성장 할 거라고 생각해."

내가 너무 꼬아서 생각한 걸지도 모르지만, 어쨌건 지금은 이도저도 아니란 뜻이군.

"그래도 어제 한 말은 물리기 없기예요."

"그건 나도 마찬가지야."

곽성훈은 내 농담을 자연스럽게 받아넘기곤 어조를 고쳐 물었다.

"그러면 내가 이 회사에 들어올 때, 나는 민혁이가 하는 업무를 인계받게 되는 건가?"

"그렇긴 하지만 완전히 똑같지는 않을 거예요."

"흐음."

곽성훈은 고개를 끄덕였다.

그때 똑똑, 노크소리가 들렸다.

"들어오세요."

그러면 전예은이 본 곽성훈은 어떨까.

'이미 로비에서 보기는 했겠지만.'

다기를 들고 온 전예은은 얌전히 찻잔을 내려놓곤 말없이 물러났다.

'……그게 끝?'

뭐, 그야 당사자가 있는 앞에서는 뭐라 말할 수 없는 상황인 건 아는데…….

    곽성훈 정도로 극적인 인생을 산 인물이라면 뭔가 내색이
라도 할 줄 알았더니, 전예은은 남들에게 보이는 것과 마찬
가지로 포커페이스였다.

    '……하기야, 기구하기로 치면 누구 못지않게 기구하고 특
이한 강이찬 앞에서도 별 내색을 안 한 애긴 하지.'

    전예은이 돌아가고 난 뒤, 곽성훈이 내게 물었다.

    "비서? 성진이에게 할 말은 아니지만 너무 어린 거 같은
데."

    "실제로도 어려요. 원래라면 이제 고등학생이 될 나이거든
요."

    "원래라면?"

    고개를 갸웃한 곽성훈은 이내 '말 못 할 사정이 있나 보지'
하는 느낌으로 갸웃했던 고개를 저었다.

    "아무튼 민혁이가 하던 CHO(최고 인사 책임자)란 직함은 이행
하는 거겠지?"

    그 말이 나온 당시—회사가 역삼동에 있을 때였다—반쯤
농담 삼아 나온 것이 지금은 확정 요소처럼 굳어졌지만, 우
리 회사는 직함에 부여된 이름과 역할이 그대로 이어지는 곳
은 아니었다.

    '그런 거 하나하나가 무근본의 방증이기도 하지만.'

    나는 생각한 바를 내색하지 않으며 곽성훈의 말을 받았다.

    "원하신다면요."

곽성훈은 잠시 생각에 잠겼다가 고개를 끄덕였다.

"알겠어. 그러면 당분간은 인수인계 기간이라고 생각하고, 한동안은 민혁이 옆에 붙어서 일을 배울게."

"네."

"좋아. 그럼 오늘부터 시작해도 될까?"

오늘부터?

그제야 나는 나도 모르는 새 곽성훈의 페이스에 말려들어, 그에게 합격뿐만 아니라 여러 권한을 허가했다는 걸 깨달았지만…….

'왠지, 썩 나쁜 기분은 아니야.'

이렇게 된 김에 나는 곽성훈이 회사에 어떤 변화를 불러올지 한 걸음 물러서서 지켜보기로 했다.

'……어쨌건 곽성훈도 나를 적으로 돌리고 싶진 않을 테니까.'

한동안은.

면접이라기보다는 오리엔테이션에 가까운 면담을 마치고 곽성훈을 사장실에서 돌려보냈더니, 그 뒤 테이블에는 손도 대지 않은 녹차만 덩그러니 남았다.

나는 내 몫의 녹차를 잔에 따라 홀짝이며 생각했다.

'곽성훈이 하려는 일이 뭔지는 나도 얼추 짐작이 가는군.'

그는 아마 한동안 성장에만 매진해 온 회사 조직 구도를 보다 체계적인 형태로 개선할 생각일 것이다.

　나 역시도 조직 구도 개편의 필요성은 실감하고 있었으나, 솔직히 말하면 엄두가 나질 않아 차일피일 미뤄 온 것에 가까웠다.

　'나도 하려면 할 수는 있었지만…… 그때마다 회사가 극적인 개편을 겪어 왔거든.'

　당장 SJ컴퍼니의 토대이자 근간을 이루던 멀티미디어 사업부만 하더라도 어느 정도 방향성이 잡히고 모기업인 삼광전자의 필요에 따라 이태석이 회수해 갔다.

　'그렇다고 삼광전자 측에 내 영향력이 남아 있지 않다고는 할 수 없지만.'

　SJ엔터테인먼트의 경우는 처음부터 자회사로 경영할 것을 염두에 두어서 조금 덩치가 커질 즈음 곧바로 분리시켜 마동철 아래로 보냈다.

　'연예계는 독자적인 룰이 적용되는 바닥이다 보니 내가 일일이 신경 쓰기에도 어렵고,'

　SJ소프트웨어는 그 태생부터가 한컴을 관리하기 위한 부서로 출발, 각 개별 하청 업체를 관리하는 퍼블리셔 형태를 염두에 두고 있었기에 내가 직접 영입한 조인선 같은 예외를 제외하면 정규직이 거의 없다고 해도 좋을 정도였다.

　'그 바람에 내 일거리만 늘렸지.'

　하물며 신화식품이며 해림식품과 합자해서 만든 S&S 경우는 말할 것도 없다.

S&S의 경우 내가 도입한 급식 시스템을 관리하고자 이태석이 만든 것을 내가 이어받은 것에 가까웠고, 여기에 신화식품과 해림식품을 끌어들이고 난 뒤 SJ컴퍼니는 경영에 관여할 지분만 보유하고 있을 뿐이지 구체적인 업무는 이미 노하우가 있는 신화식품과 해림식품 측에 일임해 둔 상태.

하물며 얼마 전에 인수한 일산출판사며 아직 공식 명칭조차 정해 두지 않은 조세화와의 합자회사는 말할 것도 없다.

'그러니 어떻게 보면 SJ컴퍼니 자체는 자체적인 생산성을 갖추지 못한, 뚜렷한 실체가 없는 지주회사에 가깝다고도 할 수 있어.'

그것도 한편으론 현시점에서는 목표에 다다르기 위한 내 이상에 걸맞은 형태라고도 할 수 있었는데, 내가 SJ컴퍼니를 운영하는 목적은 어디까지나 훗날 내가 (전생의 이성진처럼)이태석의 낙하산으로 삼광전자에 들어갈 때를 대비해 삼광전자 내에 흡수될 것을 전제로 삼은 기업이기 때문이다.

'이태석 입장에서도 마냥 혈육이라는 이유만으로 한 자리 앉히는 것보단, 그들에게 이익이 되는 회사를 인수 합병하는 형태로 나를 영입하는 것이 바람직할 거거든.'

하지만 그것도 어디까지나 SJ컴퍼니가 그날에 이르러 인수할 만한 가치가 있는 회사일 경우에 한한다.

그 정도는 곽성훈을 영입할 생각을 떠올리지도 못했을 때 이미 대비해 두고 있었으니 별로 문제 될 거 없다고 생각해 왔지만……

'요즘 들어 미래가 바뀌는 걸 보고 있자면 왠지 보험을 들어 둬야 할 것 같단 생각도 든단 말이야.'

지금 삼광전자는 클램의 성공 등에 힘입어 전생의 이맘때보다 규모가 더 큰 회사로 성장한 상태였다.

사실 이는 내 예측이 엇나간 정도의 대성공으로, 이휘철이 부재한 삼광전자를 이태석이 이 정도로 잘 이끌어 나갈지 몰랐단 내 기쁜 착오이기도 했다.

이휘철은 말하자면 혁신가형 오너이고, 그에 비해 내심 이태석은 관리자형 오너에 가깝단 평가를 해 왔지만 그 역시도 어디까지나 이휘철이란 비교 대상을 두고서 한 평가였을 뿐, 그 핏줄에는 혁신가로서의 면모도 자리 잡고 있었던 것이다.

지금 이태석은 이휘철의 갑작스런 부재로 인한 그룹의 공백을 무사히 갈무리했을 뿐만 아니라 그 부친과는 다른 형태로 삼광 그룹의 가치를 계승해 나가고 있었다.

'하지만 이 상황을 마냥 기뻐할 수만도 없는 것이 삼광전자가 때 이른 성공을 거둘수록 장래의 내 입지만 좁아질 여지도 있어.'

물론 최근 삼광전자의 약진에는 내가 SJ컴퍼니란 이름하에 배후를 떠받치고 있어서 가능한 것이긴 하나, 그 배후에 있는 SJ컴퍼니의 존재감을 천명하기에는 지나치게 때가 일렀다.

사실 따지고 보면 SJ컴퍼니는 태생부터가 눈 가리고 아웅인 편법으로 이루어진 회사였다.

  등록된 대표는 이태석의 아내인 사모였고, (외부에서 보기엔) 이렇다 할 성과 없이 예산이나 갉아먹는 멀티미디어 사업부를 무덤에 보내는 형태로 출발했으며, 초기 자본금은 분식회계로 회사의 뒷돈을 빼돌리는 것처럼 삼광전자의 눈먼 채권으로 시작, 심지어 (소문에 의하면)사장은 아직 초등학생에 불과한 꼬맹이다.

  그나마 최근에는 은퇴한 창립자 이휘철이 경영 고문이라는 형태로 SJ컴퍼니의 기둥을 떠받치면서 세간에 'SJ컴퍼니는 처음부터 이휘철의 비밀 프로젝트였구나' 하는 정도의 인식이 박혀 있지만, 양 회사가 성장하면 할수록 훗날 내가 장성하여 삼광전자 측이 SJ컴퍼니를 인수하며 나를 회사로 영입했을 때 사람들은 나를 '낙하산 인사'로 오해할 것이다.

  '사실 그것도 딱히 틀린 말은 아니지만…… 솔직히 조금 억울하지.'

  나도 주변에서 나를 어떻게 보고 평가하든 내 알 바 아니라는 식으로 나갈 수 있으면 좋겠지만, 그 문제는 결국 미래의 내 생존 문제와도 직결되는 일이었다.

  이성진이 죽은 건 그가 무능했기 때문이라고도 말할 수 있었다.

  아니, 좀 더 구체적으로 말하자면 이성진은 능력에 비해 너무 많은 걸 가졌다.

차라리 어중간한 기업이라면 모를까, 고작 장남이라는 이유 하나만으로 국내 굴지의 대기업 오너 후보가 된다는 것은 삼광전자의 영향력하에 놓인 수많은 사람의 표적이 되기 십상이라는 의미기도 했다.

대외 이미지 관리를 했다고는 하나 증권가 지라시에서는 이성진의 무능과 방탕함에 대한 소문이 끊이지 않았고, 오히려 동생인 이희진은 알 만한 사람들 사이에선 신화호텔 그룹의 유능한 오너로 이름이 드높은 데다, 창립자인 이휘철의 '핏줄'로 따지자면—방계 아닌 방계이긴 해도—이진영이라고 하는 유능한 삼광물산 오너도 있었다.

그런 와중 대한민국 GDP 일부를 책임지는 삼광전자의 가장 유력한 차기 오너 후보인 이성진은 '물려받아 봐야 회사를 말아먹을 것이 뻔'하단 소문이 무성한 인간이니, 국정원이 지금의 안기부 수준만 되어도 국가 입장에선 즉각 그를 배제하고 싶은 기분이었을 것이다.

'종국에 방아쇠를 당긴 인간은 나였지만…… 굳이 내가 아니더라도 이성진을 향해 방아쇠를 당길 사람은 많았어.'

이 상황에 내가 미래에 살아남기 위해서 기대할 수 있는 부분은 첫째, 삼광전자가 전생과 달리 몰락하는 것.

하지만 이태석은 그 망나니 아들을 두고도 삼광전자를 국제적인 대기업으로 키워 낸 인물이다.

그러니 내가 내부에서 무슨 삽질을 하건 이태석의 데미지 컨트롤 능력이라면 삼광전자가 성공하는 건 거의 확정된 일이었다.

둘째로는 내가 삼광전자의 대체 불가능한 차기 오너 후보로 성장하는 것으로, 이번 생에 들어 목표로 삼은 지향점이었다.

SJ컴퍼니를 성장시키는 것은 그 목표에 이르는 과정 중 하나로, 내가 삼광전자가 마냥 무시하기 힘든 회사의 오너라면 어느 날 갑자기 이사 직함을 달고 자리를 차지하더라도 문제될 것이 없다고 보았다.

하지만 바로 얼마 전 마찬가지로 '(능력이나 인성은 차치하고)대체 불가능한' 차기 오너였던 조설훈의 최후를 보았기 때문일까, 최근엔 그마저도 다소 회의적이게 됐다.

'요즘 들어서 부쩍 이성진을 자주 회상하게 된 것도 내 안에 과연 이성진의 최후는 단지 그 무능함 때문이었나, 하는 생각이 자리 잡기 시작해서는 아닐까 몰라.'

그 무능함이 죽음에 이르는 필요조건 중 일각을 차지하긴 했을 것이지만, 단지 유능하기만 해서는 온전히 죽음을 회피할 수 없는 것이다.

그렇다고 일부러 무능함을 연기했다간 전생의 이성진과 같은 전철을 밟게 될지도 모르니 이는 세 번째 요소로 고려조차 하지 않았다.

'그러니 이 상황에서 할 수 있는 또 다른 방안이라면······.'

SJ컴퍼니를 키우되, 삼광전자에 인수되지 않고 각자도생하는 길을 걷는 것.

삼광전자라고 하는 초일류 기업의 후계자가 될 수 없다는 건 꽤나 속이 쓰린 일이 되겠지만, 그로 인해서 죽음을 향해 걸어가는 것보단 낫다.

그렇다고 이 '세 번째' 방안을 중점으로 고려하자니 여기에도 장단점이 존재해서, 나는 앞으로 어떤 방침을 정해 나갈지 고민하는 중이었다.

다만, 지금은 이 세 번째 방안이 그나마 내 생존 확률을 높여 주는 방법은 아닐까, 내가 최근 들어 생각하는 전략의 주골자다.

'그리고 그 방법은 김민혁의 입에서 곽성훈의 이름이 거론되기 시작했을 때부터 염두에 넣고 있었지.'

까놓고 말해서 나도 곽성훈이 SJ컴퍼니에 뼈를 묻을 거라고는 생각지 않는다.

금일을 향한 곽성훈의 집착은 때로 도를 지나쳤다고 할 정도의 면모를 보이고는 했는데, 만일 곽성훈이 개인의 안위만 영위하고자 했다면 위험을 감수해 가며 그룹의 오너 자리를 노리지 않았을 거라고 생각되는 순간이 종종 있어 온 것이다.

'그 꿍꿍이속이 어떤지는 나중에 전예은을 통해 알아 볼 생각이지만······ 곽성훈이 우리 회사로 온 까닭은 나도 얼추 짐

작은 가거든.'

곽성훈은 아마 SJ컴퍼니에서의 경험을 발판 삼아 금일로 돌아갈 것이다.

그러니 내 입장에서 곽성훈은 언젠가 놓아줘야 할 인물이었고, 따라서 그에게 지나치게 많은 권한을 이임할 생각은 없었다.

'그래도 있는 동안은 잘 써먹어 줘야지.'

금일 그룹의 장점이라고 하면 조직 구성의 체계화 및 세분화다.

나중에는 그 세분화된 권력이 내분의 여지를 남겨 곽성훈이 야금야금 세력을 확장하는 계기를 마련하게 되지만, 그것도 어디까지나 곽성훈이란 인물의 역량이 받쳐 주었기 때문이며, 결정적으론 후계자의 무능과 시대의 흐름이 상황을 이끈 것이라고 생각한다.

'사실 따지고 보면 금일 입장에선 곽성훈이라는 걸출한 인물이 오너가 되는 것도 나쁜 일은 아니고.'

나야 비록 곽성훈 체제의 금일 그룹이 어떤 방향으로 향하는지는 보지 못하고 눈을 감았지만.

여담으로, 삼광 그룹의 경우는 그 반대로, 내가 SJ컴퍼니를 경영하듯(사실 내가 어깨너머로나마 보고 배운 것도 그거고) 상황에 따라 유연하게 대처할 수 있는 TF 활용이 강점이다.

삼광의 방식은 오너를 중심으로 시대 흐름에 유연하게 대처할 수 있다는 장점이 있지만, 반대로 오너가 무능하면 그대로 시대의 탁류에 휩쓸려 침몰하기 쉽다는 단점도 내포했다.

반면 중간 관리자에 집중된 금일의 인사 조직 방식은 단단하단 장점이 있다.

금일 그룹이 2인자에 그친 것은 어디까지나 장점을 극대화한 삼광의 모험이 성공을 거뒀기 때문이지, 그들이 무능해서는 아니다.

달리 생각하면 그렇게 매번 신제품 발표 때마다 죽을 쒀대면서도 '2인자를 유지'할 수 있었던 건 그 바탕이 되는 단단한 기반 덕택이라고 말해도 딱히 과장은 아니라고 보았다.

'이번 기회에 곽성훈을 통해서 금일 그룹의 방식을 흡수할 수 있다면…… 그것도 좋겠지.'

겸사겸사 곽성훈과 헤어질 때 헤어지더라도 그에게 은혜를 입혀 둔다면 관우가 화용도에서 조조를 살려 주었듯, 나를 죽이려 하기 전에 한 번은 더 망설여 줄 거고.

'……그건 좀 극단적인가?'

뭐, 곽성훈에게 정작 그럴 낌새가 보이면 내가 먼저 움직여서 그를 제거해 버릴 생각이지만.

'어쨌건 누군지 모를 암살자로 하여금 나를 죽인다는 리스크를 감수할 필요가 없게끔 생각하게 만들 필요는 있어.'

그렇게 짧은 시간 생각을 정리하고 있으려니 사장실 문을 두드리는 노크 소리가 들려왔다.

"사장님, 들어가도 될까요?"

전예은이었다.

"네, 들어오세요."

전예은은 달각 문을 열고 사장실로 들어와 내 곁에 섰고, 나는 미소 띤 얼굴로 말을 이었다.

"마침 잘 오셨어요."

전예은에게는 곽성훈이 내게 온 목적을 듣고 싶었으니까.

'그러면 곽성훈이 내게 온 게 곽한섭의 지시였는지, 그 나름의 꿍꿍이인지 알아봐야겠군.'

그러나 정작 전예은의 입에서 나온 건, 나로서도 짐작하지 못한 예상 밖의 내용이었다.

"죄송합니다, 사장님. 저…… 방금 그분은 전혀 읽을 수가 없었어요."

"……."

그는 아무래도 나와 마찬가지로, 전예은의 능력에 면역인 인물인 모양이었다.

다음 권으로 이어집니다

우리 교황님 좀 말려 주세요

판미손 퓨전 판타지 장편소설

비정상 교황님의
듣도 보도 못한 전도(물리) 프로젝트!

이세계의 신에게 강제로 납치(?)당한 김시우
차원 '에덴'에서 10년간 온갖 고생은 다 하고
겨우 교황이 되어 고향으로 귀환했건만……

경고! 90일 이내 목표 신도 숫자를 달성하지 못할 시
당신의 시스템이 초기화됩니다!

퀘스트를 달성하지 못하면 능력치가 도로 0이 된다고?
그 개고생, 두 번은 못 하지!

"좋은 말씀 전하러 왔습니다, 형제님^^"

※주의※ 사이비 아닙니다, 오해하지 마세요!

망한 가문의 검술 천재가 되었다

소구장 퓨전 판타지 장편소설

역사에서도 잊힌 비운의 검술 천재
최강의 꼰대력으로 무장한 채
후손의 몸으로 깨어나다!

만년 2위 검사 루크 슈넬덴
세계를 위협하던 마룡을 물리치며
정점에 이른 순간

이대로 그냥 죽어 다오, 나를 위해서.

라이벌인 멀빈 코넬리오에게 목숨을 잃……
……은 줄 알았는데,
200년 후의 몰락한 슈넬덴가에서 눈뜨다!
가족이라고는 무기력한 가주, 망나니 1공자뿐
망해 버린 가문을 살리기 위해
까마득한 조상님이 팔을 걷었다!

**설풍 같은 검술, 그보다 매서운 독설로
슈넬덴가를 정점으로 이끌어라!**